DEUXIÈME ÉDITION

XAVIER DE MONTÉPIN

459

LE VENTRILOQUE

I

DE MARIETTE

PARIS
E. DENTU, LIBRAIRE-ÉDITEUR
PALAIS-ROYAL, 15-17-19, GALERIE D'ORLÉANS

LE
VENTRILOQUE

I

L'ASSASSIN DE MARIETTE

LIBRAIRIE E. DENTU, ÉDITEUR

DU MÊME AUTEUR

LA Maîtresse du mari, 3e édition, 1 vol. . . . . 3 fr.
LE Secret de la comtesse, 2 vol. . . . . 6 fr.

XAVIER DE MONTÉPIN

LE

VENTRILOQUE

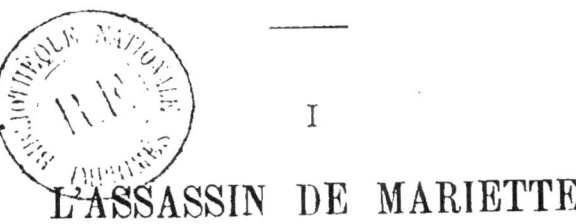

I

L'ASSASSIN DE MARIETTE

PARIS

E. DENTU, ÉDITEUR

LIBRAIRE DE LA SOCIÉTÉ DES GENS DE LETTRES

PALAIS-ROYAL, 17 ET 19, GALERIE D'ORLÉANS

—

1876

LE VENTRILOQUE

PREMIÈRE PARTIE

L'ASSASSIN DE MARIETTE

I

Rocheville, chef-lieu de canton de huit à neuf cents âmes, est un bourg charmant situé à vingt kilomètres de la station de Malaunay, en plein pays normand, dans une vallée riante et pittoresque qu'arrose un ruisseau clair où se pêchent des truites de belle taille et des écrevisses presque aussi grosses que celles de la Meuse.

Cette vallée s'élargit brusquement et s'arrondit en forme de cirque pour permettre au village d'étaler ses maisons basses aux toits moussus, ses pommiers dont la récolte produit un joli cidre petillant vanté à dix lieues à la ronde', et ses herbages plantureux où paissent de grands bœufs roux dignes de la vallée d'Auge.

A quatre cents mètres environ de la dernière maison de Rocheville, un grand jardin ou plutôt un parc de quatre à cinq hectares étage ses vieux tilleuls, ses marronniers géants et ses pelouses d'un vert d'émeraude, sur les versants faiblement inclinés de la colline couronnée de roches qui donne son nom au village.

Une muraille bien entretenue, haute de deux mètres et demi, entoure ce parc.

Une grille de fer peinte en bronze, prétentieusement ouvragée et donnant accès sur la route, laisse entrevoir, au bout d'une longue avenue gazonnée bordée d'un double rang de pommiers énormes, une maison carrée de construction ancienne, à deux étages, à toit pointu, flanquée d'un pigeonnier en façon de tourelle que surmonte une girouette représentant un chasseur faisant feu sur un lièvre.

Rien en somme de moins seigneurial que l'aspect de cette demeure bâtie en briques rouges et en galets noirs, avec des portes et des volets gris. — On l'a cependant toujours appelée, on l'appelle encore *le château*, et il est certain qu'elle appartenait jadis aux seigneurs de Rocheville, dont la famille est éteinte aujourd'hui.

Les dépendances assez vastes, mais presque entièrement cachées derrière les massifs d'une végétation luxuriante, se devinent à peine depuis le dehors.

Le 25 septembre 1874, par une de ces admirables matinées d'automne, où les rayons un peu voilés du soleil inondent d'une lumière tiède les campagnes jaunissantes, un fort gaillard de vingt-cinq ans, très-brun, moustachu, portant une barbe de huit jours, vêtu d'une blouse grise, coiffé d'un chapeau de paille à larges bords, chaussé de gros souliers de cuir fauve et de longues guêtres montant jusqu'aux genoux, ayant sur l'épaule gauche une carnassière qui semblait lourde, sur l'épaule droite un vieux fusil double de gros calibre, et suivi d'un grand chien braque particulièrement efflanqué, fit halte devant la grille du parc, saisit la chaîne qui mettait en branle une cloche de taille imposante, et l'agita d'une main vigoureuse.

Huit heures sonnaient en ce moment au clocher de l'église qui fait face au château sur le versant opposé de la colline, par conséquent de l'autre côté du village.

Disons tout de suite que depuis trois ans le domaine de Rocheville appartenait à M. Domerat, riche armateur du Havre, veuf, sans enfants, et ayant reporté toutes ses affections sur son neveu et

sur sa nièce, orphelins l'un et l'autre et sans fortune, Léontine et Georges Pradel.

Tout au plus M. Domerat, très-absorbé par ses
grandes affaires, avait-il passé chaque année quelques
semaines à Rocheville depuis qu'il en était devenu
possesseur.

La garde du château, du parc et des jardins, était
confiée en son absence à Jacques Landry, un ancien
loup de mer devenu régisseur, jardinier, homme de
confiance, factotum en un mot, et à Mariette Landry
sa fille, une belle et bonne créature, filleule de
M. Domerat.

Georges Pradel, le neveu de l'armateur, avait
vingt-cinq ans, — il était lieutenant de zouaves, et,
depuis 1871, résidait en Afrique, avec son régiment,
dans la province d'Alger.

Léontine, beaucoup plus jeune que son frère car
elle atteignait à peine sa dix-septième année, venait
d'achever son éducation dans un grand pensionnat
de Paris et, joyeuse de son émancipation de fraîche
date, tenait la maison de son oncle, à Ingouville,
d'où M. Domerat ne s'éloignait guère.

Ceci posé, revenons à la grille du parc.

Le gaillard moustachu, à mine de braconnier,
qui se nommait Sylvain, — ce nom singulier n'est
pas rare en Normandie, — mit la cloche en branle,
avons-nous dit, puis, s'adossant à l'un des mon-

tants de pierre, il attendit qu'on lui vînt ouvrir.

Son grand chien efflanqué s'étendit dans la poussière à ses pieds et, posant son museau sur ses pattes allongées, ferma les yeux et parut s'endormir.

Mais tout à coup, saisi d'une inquiétude que rien ne semblait justifier, il se leva d'un bond, aspira l'air dans toutes les directions et plus particulièrement dans celle du château, se dressa contre la grille et passa sa tête entre les barreaux trop rapprochés pour livrer passage à son maigre corps. Son poil se hérissa sur le dos, — symptôme irrécusable de colère et d'épouvante, — et il poussa un hurlement rauque, prolongé, d'un effet sinistre.

Sylvain tressaillit. — Ses sourcils se contractèrent et, le chien ayant hurlé de nouveau, il le châtia d'un coup de pied en lui criant avec un juron :

— Tonnerre du diable, vieux Ravageot, tu vas te taire et plus vite que ça !! — Qu'est-ce qui m'a fichu un animal bête qui hurle à la mort en plein soleil ? — A-t-on jamais vu !! — Hue, carcan ! derrière, ou je cogne !!

Le chien obéit à la parole et surtout au geste menaçant, et vint s'aplatir auprès de son maître, le museau toujours tourné vers la grille, le poil plus hérissé que jamais, les naseaux frémissants, l'œil fixe, n'osant hurler, mais gémissant sourdement.

Une minute s'écoula.

Nul mouvement dans l'avenue des pommiers n'annonçait qu'on eût entendu au château le vibrant appel de la cloche.

— Ah çà, — murmura Sylvain avec impatience, — Jacques et Mariette font donc la grasse matinée, tous les deux !! — J'ai pourtant carillonné plus fort qu'il ne faudrait pour réveiller des sourds !!... ah bah ! tant pis, je recommence...

Et, saisissant de nouveau la chaîne, il l'agita pour la seconde fois avec un redoublement d'énergie.

Tandis qu'il menait ainsi grand tapage, un groupe composé de trois personnes se dirigeait vers la grille.

Ces trois personnes étaient un jeune garçon de quinze ans à peu près, ceint d'un grand tablier blanc de boucher et portant une corbeille en équilibre sur sa chevelure inculte. — A deux pas de lui marchait une jeune fille qui tenait de la main gauche un panier et de la main droite un filet dont les mailles laissaient entrevoir de beaux poissons aux écailles bleuâtres et argentées.

Le facteur rural fermait la marche. — On reconnaissait sans peine cet honorable fonctionnaire à sa boîte de cuir, d'une forme particulière, et au collet rouge de sa blouse bleue.

Ces nouveaux venus rejoignirent Sylvain qui, voyant son second appel rester sans résultat comme le premier, frappait du pied avec impatience.

Ils s'arrêtèrent à quatre pas de lui.

— Paraîtrait que vous avez affaire par ici de bon matin, monsieur le chasseur, — dit la jeune fille en riant. — Mais pourquoi donc que vous faites une mine de l'autre monde? Nous vous entendions de bien loin jurer et sacrer comme un païen...

— Pourquoi? — répondit Sylvain d'un ton bourru, — parce que je drogue depuis cinq minutes, et que ça me vexe!... — La petite Gervaise, qui aide au château pour les gros ouvrages, est venue hier soir à la maison commander du gibier de la part de Mariette. — Dès le patron-minette, je me suis mis en chasse.:. — J'apporte un lièvre et cinq perdreaux...

— J'ai promis à Gervaise que j'arriverais à huit heures... il est huit heures... Je sonne à tout confondre, et on me laisse rager à la porte!! Croyez-vous que c'est drôle?

— Tiens, — reprit la jeune fille, qui s'appelait Colette, — Gervaise a passé chez papa, pour du poisson, en sortant de chez vous, et papa a posé ses nasses et jeté l'épervier... — Voilà une tanche de trois livres et deux truites toutes frétillantes, et j'ai dans mon panier quatre douzaines d'écrevisses comme on n'en attrape pas souvent!... Elles vous ont des pattes à couper le petit doigt... — C'est Mariette qui sera contente...

— Moi je porte sur ma tête un gigot de six livres, un filet de bœuf qui en pèse quatre et huit côtelettes, — fit à son tour avec un légitime orgueil le jeune garçon au tablier blanc. — La petite Gervaise a dit au patron que mamzelle Mariette avait dit qu'il n'y aurait rien de trop beau ni de trop cher, et qu'il fallait des morceaux de choix.

— Ah ! tonnerre !—s'écria Sylvain.—Plus que ça de boustifaille ! C'est pire que pour un repas de noces !! Est-ce que le bourgeois est au château ?

— Gervaise a dit que Mariette attendait quelqu'un. — C'est peut-être M. Domerat qui est arrivé.

Le facteur rural, qui n'avait pas encore ouvert la bouche, prit la parole.

— Peut-être bien, — répondit-il, — car j'ai apporté hier matin une lettre de lui, timbrée de Paris, pour Jacques Aubry... Ah ! je connais son écriture et son cachet... Je vous prierai même, mes petits enfants, puisque décidément on ne nous ouvre pas, de vous charger de la lettre que voici, qui vient du Havre, et de la remettre au destinataire... — Ma tournée est longue, voyez-vous... Si j'attendais des dix minutes à toutes les portes, la buraliste soutiendrait que j'ai flâné dans les cabarets au lieu de vaquer à mon service, et ça me mettrait en bisbille avec l'administration.

— C'est bon, père Étienne, — répliqua Sylvain, — donnez la lettre, on s'en charge... on la remettra...

— Grand merci, mon bon garçon, et au plaisir la compagnie...

Le modeste employé de l'administration des postes souleva son chapeau de paille, fit tomber la cendre de sa pipe et reprit sa marche rapide.

Tandis que s'échangeaient les répliques qui précèdent, le château restait silencieux comme le logis de la Belle au Bois dormant, et l'allée des pommiers demeurait obstinément déserte.

— Ah çà, mais, décidément, on se fiche de nous, ici! — s'écria le chasseur. — Tonnerre! attendez un peu, et si la cloche ne crève pas comme un vieux mousqueton, je vous flanque mon billet qu'elle sera solide!

Et en effet il se mit à carillonner pendant quinze ou vingt secondes avec une véritable furie.

Quand il s'arrêta, de guerre lasse, un bruit faible, presque indistinct et d'une nature indéfinissable, vint frapper vaguement l'oreille des trois auditeurs.

— Vous avez entendu? — demanda Sylvain.

— Oui... — répondit Colette, — il me semble... oui, j'ai entendu quelque chose... mais quoi?

— On dirait une plainte... — murmura le garçon boucher.

1

A cet instant précis Ravageot, le grand chien maigre, se releva avec une sorte de rage, bondit vers la grille, se dressa pour la seconde fois contre les barreaux et poussa de nouveau ce hurlement lugubre que son maître avait accueilli quelques minutes auparavant par une si brutale correction.

II

Sylvain, furieux de cette désobéissance inopportune qui se compliquait de récidive, saisit le braque par son collier, le tira brutalement en arrière au risque de l'étrangler, et le rejeta sur la route avec tant de violence qu'il l'envoya rouler dans le fossé profond où le pauvre animal se tapit immobile et tremblant.

Cette exécution faite, le jeune homme prêta de nouveau l'oreille au bruit lointain que nous avons signalé.

Il n'entendit plus rien, et Dieu sait cependant s'il avait l'oreille fine.

Les trois personnages se regardèrent avec un commencement de vague inquiétude, et Sylvain formula en ces termes l'impression générale :

— Tout ça, — dit-il, — c'est bien drôle et pas naturel...

— Ah! dame, oui! — murmura Colette, — pas du tout naturel et bien drôle.

— Jacques Landry, — continua Sylvain, — est debout dès le petit jour, hiver comme été... c'est connu... souvent il fait encore presque nuit quand je passe le long du mur, et que je l'entends siffler, le vieux matelot, et parler tout seul en donnant son coup d'œil dans les quatre coins de l'enclos...

— Mariette non plus n'est point paresseuse, — interrompit Colette, — et ne laisse attendre leur repas du matin ni à sa vache, ni à sa chèvre, ni à ses poules...

— Et Munito que nous oublions, — reprit Sylvain, — Munito qui pour une mouche qui vole aboie si fort et si longtemps qu'il en est enroué le soir, Munito ne bouge pas! — Je carillonne à tour de bras, Munito ne souffle mot! Ravageot hurle comme un perdu, Munito ne répond rien! — Qu'est-ce que cela signifie? Jacques et Mariette sont-ils sortis en emmenant le dogue?

Colette secoua la tête.

— Sortis!... — répliqua-t-elle, — tous les deux? Où seraient-ils allés?... Mariette, au moins, serait restée au château à nous attendre, puisqu'elle savait que nous devions venir... — Et puis enfin, en supposant même l'impossible, ils auraient eu grand soin de laisser Munito pour garder la maison...

— C'est vrai! — murmura Sylvain, — et pourtant vous voyez, rien ne bouge... — il est donc arrivé quelque chose cette nuit...

— C'est certain... — appuya Colette, — mais quelle chose?

— Il faudrait voir...

— Eh bien! voyons...

— Et comment?

— Puisqu'on ne nous répond pas, essayons d'entrer tout de même... — Il y a peut-être moyen d'ouvrir la grille en passant le bras à travers les barreaux et en soulevant la barre de fer...

Sylvain tenta la manœuvre indiquée par la jeune fille.

— Impossible! — fit-il en haussant les épaules. — Non-seulement la clef n'est pas dans la serrure mais encore, voyez vous-mêmes, cette petite chaîne maintenue par un cadenas réunit les deux barreaux qui se touchent... — Il faudrait du canon pour enfoncer ça!...

— Dites donc, Sylvain, — demanda Colette, — est-ce que Jacques Landry a l'habitude de prendre tant de précautions contre les voleurs?

— C'est la première fois que je remarque la chaîne et le cadenas, et ça m'étonne d'autant plus de la part

de Jacques que depuis bien longtemps on n'a point
entendu parler de mauvais garnements dans le
pays... — De quoi diable peut-il donc se défier, le
vieux matelot?

— Sylvain, j'ai peur...

— Il ne faut point se monter le coup d'avance...
il n'y a peut-être rien du tout de ce que nous supposons... — D'ailleurs, attendez... à la guerre comme
à la guerre... En avant l'escalade!...

Le jeune homme appuya son fusil contre un des
montants de pierre de taille et, saisissant les barreaux des deux mains, se hissa avec une souplesse
et une rapidité merveilleuses jusqu'au couronnement
de la grille.

Là, il se pencha vers le parc.

— Descendez de l'autre côté, — lui cria Colette,—
et courez au château.

Sylvain, au lieu de suivre ce conseil, se retourna
vers la jeune fille.

— Une chose extraordinaire... — fit-il.

— Ah! mon Dieu!... quoi donc encore?...

— Une échelle dressée contre le mur à dix pas
d'ici, — certainement on s'est servi de cette échelle
pour sortir de l'enclos pendant la nuit, et celui qui
est sorti de cette façon était dans le parc en contre-
bande, car sans ça Jacques ou Mariette lui auraient
ouvert la grille...

La jeune fille allait répondre.

— Silence... — murmura vivement Sylvain. — Écoutez...

Ce même bruit indéfinissable auquel Ravageot avait répondu par des hurlements, se reproduisait.

Mais maintenant il devenait impossible de se méprendre sur sa nature. — C'était une plainte, un gémissement, un râle.

Colette et le garçon boucher frissonnaient de la tête aux pieds.

— Je vois quelque chose s'agiter tout là-bas dans l'avenue des Pommiers... — reprit Sylvain, — on dirait une bête qui cherche à se traîner de notre côté et qui ne peut pas... Elle se soulève... elle retombe... elle se soulève encore... C'est un chien... je le reconnais... c'est Munito !... il est blessé sans doute... il est mourant peut-être...

— Allez voir !... — balbutia Colette, — allez donc !... je perds la tête de frayeur et d'angoisse...

Sylvain enjamba lestement la partie supérieure de la grille que couronnait le tortil baronnial des anciens seigneurs de Rocheville. — Il se laissa glisser le long des barreaux, au risque d'y compromettre notablement la peau de ses mains, et une fois qu'il eut touché le sol il prit sa course dans la direction du château.

Aux deux tiers environ de l'avenue, il atteignit

le corps inerte et presque inanimé de Munito.

Munito était un admirable bull-dog de pure race et de moyenne taille, entièrement blanc sauf une large tache noire bizarrement disposée, englobant l'œil gauche et donnant à son possesseur une frappante ressemblance avec quelque boxeur anglais atteint d'un vigoureux coup de poing.

M. Domerat s'était procuré ce dogue à Londres,— il avait été question de l'appeler *Tape-à-l'œil*, mais le nom de *Munito* avait prévalu, en souvenir sans doute du fameux caniche qui jouait aux dominos comme un habitué du café de Suède ou du café Cardinal.

Munito se recommandait non-seulement par sa beauté relative et par son exceptionnelle vigueur, mais par son intelligence hors ligne et par une fidélité à toute épreuve.

On n'aurait pu trouver, dans le canton de Roche-ville et dans les cantons voisins, un plus incorrup-tible chien de garde.

Ayant surpris certain soir dans le parc un marau-deur en train de dévaliser les pommiers, il l'avait saisi par le fond de sa culotte et, malgré sa résis-tance, conduit ou plutôt poussé devant lui jusqu'au-près de Jacques Landry.

Au moment où nous présentons Munito à nos lec-teurs, le pauvre animal agonisait.

Son pelage d'une blancheur de neige disparais-.

sait sous une couche de sang échappé de vingt profondes blessures dont quelques-unes lui traversaient
le corps. — On l'avait littéralement lardé de coups de
couteau. — Ce sang caillé d'un rouge noir, l'enve-
loppant comme une croûte, le rendait étrange et hi-
deux.

Étendu sur l'herbe épaisse et courte, teinte de
pourpre autour de lui, il semblait, nous l'avons dit,
presque inanimé. — C'est à peine si des tressaille-
ments nerveux intermittents, des soubresauts passa-
gers, agitaient ses pattes et sa queue.

Sa langue pâlie sortait de sa gueule entr'ouverte.
— Ses yeux étaient voilés déjà. — Il n'avait plus
la force de gémir.

— Munito !... — pauvre Munito ! ! — s'écria Sylvain, en s'arrêtant et en se penchant sur lui, — quel
est l'infâme gredin qui t'a mis dans ce triste état ?...
— Voilà donc pourquoi tout à l'heure Ravageot hurlait si fort !... — Avec son instinct d'animal il de-
vinait ta malechance et se lamentait sur toi !... je re-
grette de l'avoir battu. .

En entendant une voix connue et amie, — car
malgré sa brutalité apparente le braconnier, bon
garçon au fond, aimait les chiens et le leur prouvait
par des caresses — le dogue expirant parut se rani-
mer un peu.

Il souleva à demi sa grosse tête ronde, une su-

prême lueur d'intelligence brilla dans ses prunelles
ternies. — Il essaya de se dresser, mais il n'y par-
vint qu'à moitié...

Sylvain se pencha de nouveau pour l'aider et le
prendre dans ses bras.

Il n'en eut pas le temps.

Le dogue retomba. Une sorte de sifflement sourd
s'échappa de sa gorge entaillée. Il se roidit et ne re-
mua plus...

— C'est fini, — murmura Sylvain. — Ah ! tonnerre du diable ! il faut convenir qu'il y a dans ce
bas monde des gens qui sont de rudes canailles... Et
tes maîtres, pauvre Munito ? que sont devenus tes
maîtres ? Est-ce en les défendant que tu t'es fait
assassiner ?

Le braconnier essuya sa paupière humide et se remit en marche vers le château qu'il atteignit bien vite.

La grande maison était silencieuse comme une
demeure inhabitée. Les persiennes ouvertes du premier étage laissaient les rayons du soleil qui montait à l'horizon frapper joyeusement sur les vitres,
mais les solides volets du rez-de-chaussée, percés de
quatre trous formant des losanges, restaient clos.

On accédait à la maîtresse porte par un perron de
cinq ou six marches, ornées de vases en vieille
faïence de Rouen où s'épanouissaient des fleurs aux
nuances vives.

Sylvain franchit les degrés, mit la main sur le bouton de la serrure et voulut ouvrir. — Une résistance, à laquelle il s'attendait d'ailleurs, lui prouva que la porte était fermée à clef.

Il frappa contre les panneaux à dix reprises, de toutes ses forces, — il appela successivement Jacques et Mariette.

Le bruit de ses coups, l'écho de sa voix, s'éteignirent sans qu'aucune réponse leur eût été faite.

Le jeune homme gagna les derrières du château où deux autres portes étaient pratiquées. Comme la première elles furent rebelles à ses tentatives et sourdes à ses appels.

Dans les étables et dans la basse-cour, la vache mugissait, la chèvre bêlait, les poules gloussaient, avec une impatience et un mécontentement manifestes.

Évidemment tout ce petit monde attendait sa provende accoutumée, et, ne la voyant point venir, passait de l'étonnement à l'irritation...

III

Le braconnier, un peu pâle et très-ému, se tourna vers le château.

— Qu'y a-t-il dans cette grande maison fermée qui ressemble à une tombe ? — se demanda-t-il. — Quel effrayant secret se cache derrière ces murailles épaisses et de l'autre côté de ces contrevents clos ?

Répondre à cette question, autrement que par des suppositions de mauvais augure, était matériellement impossible.

Sylvain ne pouvait ni ne voulait tenter de s'introduire avec effraction.

En conséquence il reprit d'un pas rapide le chemin de la grille et détourna la tête en passant à côté du corps sanglant et déjà roidi de Munito.

Au lieu de renouveler son exploit gymnastique en se hissant à la force du poignet le long des barreaux de fer, il gravit l'échelle dont nous lui avons entendu signaler la présence et, quand il en eut atteint le sommet, il se suspendit des deux mains au chaperon du mur et se laissa tomber sur la route.

— Enfin c'est vous, Sylvain, — s'écria Colette, — et vous voilà plus blanc qu'un linge ! — Il y a donc un malheur là-bas ?

— Oui, un malheur... ou plutôt un crime... — répondit le braconnier d'une voix sourde.

— Un malheur !... un crime !... — répéta la jeune fille en tremblant. — Seigneur mon Dieu, qu'est-ce que vous avez vu ?

— J'ai vu Munito mort, troué de vingt coups de couteau.

— Et Jacques Landry ? et Mariette ?

— Je ne sais pas... tout est fermé.

— Il fallait enfoncer un volet, briser une fenêtre.

Sylvain secoua la tête.

— Et me mettre les gendarmes sur les bras ! — interrompit-il avec amertume. — Non ! non ! pas de ça, Lisette ! — Ceux-là seulement qui ont le droit d'entrer partout entreront les premiers...

— De qui parlez-vous ?

— Des autorités, pardieu ! des gens de loi ! des gens de justice !... — Il ne faut point perdre une mi-

nute !... Le plus pressé, c'est de prévenir M. le
maire... et j'y cours...

— Que ferons-nous pendant ce temps-là, Jacquemet et moi ?

— Restez où vous êtes... n'en bougez point... guet-
tez... et si vous voyez par hasard quelque visage de
mauvaise mine rôdant par ici, regardez bien ce ·vi-
sage pour vous en souvenir en temps et lieu...

— Oh ! — répliqua vivement Colette, — j'aurai
peur...

Sylvain haussa les épaules.

— Peur ! — répéta-t-il, — allons donc ! qu'avez-
vous à craindre en plein jour, en pleine route, avec
un grand garçon comme Jacquemet pour vous servir de porte-respect ?... — D'ailleurs, ou je me
trompe beaucoup, ou, à l'heure qu'il est, il doit y
avoir pas mal de kilomètres entre nous et les gredins
qui ont fait le coup,.. — Soyez donc paisible, Colette... asseyez-vous au bord du fossé, sur le talus
de gazon, et attendez sans impatience... Vous n'attendrez pas longtemps et vous serez toute portée
pour avoir des nouvelles...

— Vous êtes bien sûr, au moins, Sylvain, que je
ne cours aucun danger ?...

— Oui, foi de bon garçon, j'en suis sûr...

— Allez donc et revenez vite !...

Sylvain jeta son fusil sur son épaule, siffla Ravageot et prit sa course dans la direction du village.

Sidoine-Apollinaire Fauvel, autrement dit *Monsieur le maire*, était un gros homme d'une cinquantaine d'années qui, après avoir honorablement gagné vingt-cinq mille livres de rentes dans le commerce des toiles, à Rouen, avait acheté une propriété à Rocheville, lieu de sa naissance, d'où, — selon l'expression populaire, — on l'avait vu partir en sabots, trente ans auparavant.

Le souvenir de ses débuts modestes, comparés à l'importance relative de sa position actuelle, lui faisait éprouver d'incessantes et inépuisables jouissances d'amour-propre.

On pouvait reprocher à M. Fauvel d'être vaniteux, prétentieux, suffisant, entiché de sa personne et de sa fortune, et fort enclin à se servir de locutions à la Prudhomme ; mais, à côté de ces petits travers, on trouvait chez lui bon nombre de qualités solides.

Ses administrés se moquaient bien un peu de lui à la dérobée ; mais au fond ils l'aimaient beaucoup et l'estimaient sincèrement.

La maison de M. Fauvel, située sur la place du Marché en face de l'école et de la mairie, était sans contredit la plus grande et la plus belle du village, en exceptant bien entendu le château.

Une porte cochère en bois plein, percée d'un guichet mobile pour reconnaître les visiteurs, donnait accès dans une vaste cour plantée d'arbres, ornée d'une pelouse arrondie et de corbeilles de fleurs bien entretenues.

A droite se trouvaient une remise et une écurie, — à gauche un chenil, car M. Fauvel était grand chasseur.

Au fond de la cour s'élevait la maison à deux étages, avec un perron à double rampe, des persiennes vertes et une terrasse à l'italienne.

Derrière l'habitation un enclos d'un hectare, tout à la fois jardin anglais et jardin potager car on y voyait, à côté d'un labyrinthe en miniature, d'une pièce d'eau et d'une grotte, des plants d'arbres fruitiers de toutes sortes et trois ou quatre carrés de légumes.

— *Utile dulci!*... — disait Sidoine Fauvel, qui ne savait point le latin mais néanmoins glissait volontiers dans ses discours certaines citations banales devenues des lieux communs.

Le digne magistrat municipal possédait une petite femme acariâtre, un fils de vingt et un ans qui travaillait dans les bureaux du principal banquier de Rouen, et une assez jolie fille de seize ou dix-sept ans.

Madame Fauvel et ses deux enfants ne devant point jouer un rôle important dans notre récit, il nous paraît inutile de parler d'eux plus longuement.

Sylvain sonna.

La petite porte pratiquée dans l'un des panneaux de la grande lui fut ouverte par une sorte de groom rustique, en pantalon noisette et en gilet rouge à manches, en train d'atteler à un de ces tilburys fort en usage en Normandie, et qu'on appelle croyons-nous des *bogs*, une belle jument baie, à la poitrine large, à la croupe charnue et au poil luisant.

Ce jeune domestique était un enfant du village.

— Tiens, c'est toi, mon Sylvain ? — dit-il... — Eh ! bonjour, donc... — Quoi que tu viens faire comme ça chez nous, mon Sylvain, de si bon matin ?

— Je viens parler à M. le maire.

— Il est à table, M. le maire... en train de déjeuner.

— A cette heure-ci ?

— Ah ! oui, je sais bien que ça n'est pas son habitude... Mais c'est que, vois-tu, nous devons partir en campagne tout à l'heure... Nous allons à Rouen, tous les *deusses*, le bourgeois et moi, faire visite à M. Gaspard, mon jeune maître, et tu vois, tiens, Sylvain... je mets Pomponnette dans les brancards...

— Eh bien ! rentre Pomponnette à l'écurie, je te le conseille...

— A cause donc ?...

— A cause que vous n'irez pas à Rouen aujourd'hui, je t'en réponds !...

2

Jean-Marie, — ainsi se nommait le groom rustique, — se mit à rire.

— C'est-il toi qui nous en empêchera? — demanda-t-il.

— Oui, c'est moi... — J'apporte de la besogne à M. le maire... une rude besogne... — Laisse donc ta jument et va prévenir... ça presse...

— Je ne veux pas quitter Pomponnette, mais attends un peu...

Jean-Marie se fit un porte-voix de ses deux mains, et, se tournant vers la maison, cria d'une voix aiguë :

— Pétronille... Eh ! Pétronille !...

Une forte servante rougeaude, tenant une assiette de la main gauche et une serviette de la main droite, parut sur la plus haute des marches du perron.

— Qu'est-ce que tu as donc à t'égosiller comme ça, galopin ? — interrogea-t-elle.

— C'est Sylvain que voilà, et qui dit comme ça qu'il veut parler tout de suite à M. le maire...

— Monsieur déjeune... Sylvain lui parlera plus tard...

— Il paraît que ça presse...

— Oui, Pétronille, ça presse, — fit Sylvain en s'avançant; — ça presse à tel point que M. le maire sera furieux contre vous si vous tardez seulement d'une minute à le prévenir que je suis là...

— Est-ce que le feu est quelque part ? — demanda
la servante en riant.

— Ça ne serait rien, le feu !... C'est bien pis !...

— Ah ! mon Dieu !... — venez vite, alors, entrez
dans le bureau, monsieur prendra son café quand il
pourra.

Pétronille introduisit Sylvain dans une pièce du
rez-de-chaussée qui servait de cabinet de travail offi-
ciel à M. le maire. — C'est là qu'il donnait ses au-
diences à ses administrés. — C'est là qu'il préparait
à loisir ses petits discours avant de les *improviser* devant son conseil municipal ébahi.

Rien de plus sévère que la décoration et l'ameublement de cette pièce.

Aux murs, un papier d'un vert foncé. — Aux fenêtres, des rideaux de reps du même vert. — Dans les
panneaux, des socles de bois noirci soutenant des
bustes de grands hommes en plâtre bronzé. — Sur
la cheminée, une pendule-borne de marbre noir et
des flambeaux de bronze. — Au milieu de la chambre, un grand bureau-ministre chargé de paperasses.
— Tout autour de ce bureau des fauteuils d'acajou,
garnis de drap vert, pour les visiteurs considérables,
et quelques chaises foncées de crin pour les gens
sans importance.

Sylvain n'attendit pas longtemps.

Sidoine Fauvel, ému malgré lui par l'air effaré de

la servante, quitta la salle à manger et accourut, sans même prendre le temps de se débarrasser de la serviette nouée prudemment autour de son cou pour protéger la blancheur de sa chemise.

Accoutré de cette façon, le petit homme manquait de prestige.

Il fit néanmoins une entrée aussi imposante que possible, et il dit du ton le plus rogue qu'il lui fut possible de prendre ;

— Ainsi c'est vous, jeune braconnier, qui ne me laissez point le temps d'achever mon repas !!

— Braconnier ! — répliqua vivement Sylvain. — Monsieur le maire me permettra de lui faire observer que je ne le suis pas, puisque je possède un port d'armes très en règle, et monsieur le maire le sait bien...

— Sans doute... sans doute... un port d'armes... — reprit M. Fauvel. — Oui, vous en avez un, je le sais, mais je sais aussi que vous ne vous gênez guère pour faire rabattre par votre chien le gibier remisé dans les terrains clos et les propriétés gardées...

— Mais c'est l'affaire du garde champêtre et des gendarmes... et je vous préviens qu'ils ont l'œil sur vous... — Maintenant, qu'avez-vous à m'apprendre ?

— J'ai à vous apprendre, monsieur le maire, qu'un crime vient très-certainement d'être commis dans la commune...

IV

De rouge brique qu'il était habituellement, M. Fauvel devint très-pâle.

— Un crime ! — répéta-t-il avec un petit frisson nerveux, — un crime commis dans ma commune !

— Oui, monsieur le maire.

— Mais, quel crime ? Un vol, je suppose ?...

— Un assassinat...

— Grand Dieu !...

— Un double assassinat, peut-être.

— Miséricorde !... Et quand ce monstrueux forfait aurait-il été perpétré ?

— Cette nuit ?

— Où ?

— Au château.

— M. Domerat n'est-il donc pas absent ?

2.

— M. Domerat est absent! oui... Mais Jacques Landry et sa fille ne s'absentent jamais.

— On aurait tué ces malheureux ! !

— Tout me porte à le croire...

— Vous n'en n'êtes donc pas sûr ?

— Matériellement sûr, non je ne le suis pas ; mais il me semble impossible de douter...

— Mais, pourquoi ce crime ? Dans quel but ?...

— Je l'ignore...

— Enfin vous savez quelque chose... que savez-vous ?... Parlez ! parlez vite ! !

Sylvain raconta brièvement ce que nous avons raconté nous-mêmes à nos lecteurs.

A mesure qu'il avançait dans son récit, le large visage de M. Fauvel se décomposait de plus en plus.

Le digne magistrat municipal était évidemment en proie à une très-pénible émotion ; il se servait de sa serviette comme d'un mouchoir pour tamponner son front où perlaient des gouttes de sueur.

— Que pense de tout cela monsieur le maire ? — demanda Sylvain quand il eut achevé.

— Hélas ! — murmura M. Fauvel avec un accent lamentable, — je pense que vous avez raison ! ! que vous n'avez que trop raison ! ! — Tout cela a bien mauvaise mine ! ! — Un assassinat... un double assassinat dans ma commune ! !... Une commune si tranquille, une commune modèle... une commune où l'on n'avait relevé depuis dix ans que de menus délits de braconnage et de maraudage!! — *O tempora! ô mores!* — Qu'allons-nous devenir, grand Dieu, si l'on se met à assassiner à Rocheville ? Il n'y aura donc plus de sécurité nulle part!! Je donne ma démission, positivement, et je me réfugie dans une île déserte!! — Pétronille!... Eh! Pétronille!...

La servante rougeaude n'était pas bien loin et, l'oreille collée au trou de la serrure, écoutait de son mieux.

Elle ouvrit la porte, se montra et demanda d'un air ingénu :

— C'est-il pour servir le café ?

M. Fauvel fit un geste d'impatience.

— Il s'agit bien du café!! — s'écria-t-il. — Prends tes jambes à ton cou, ma fille!... — Cours chez le juge de paix... Dis-lui de ma part de se tenir prêt. Ajoute que je vais le prendre en me rendant au château. — Préviens le brigadier de gendarmerie... il nous accompagnera. — J'aurai besoin aussi de Claude Renard, le serrurier... — Qu'il mette ses outils dans sa trousse et qu'il m'attende... — Va ! dépêche-toi ! N'oublie rien!... Il s'agit de la vindicte publique... et la vindicte publique ne doit point attendre... Allons, file!!

— Je m'en y sauve, not' maître, — répondit Pétronille en se dirigeant vers la porte ; mais, au moment d'atteindre cette porte, elle s'arrêta et se retourna.

— Et Jean-Marie ? — demanda-t-elle, — faut-il lui dire de dételer Pomponnette ?

— Qu'on s'en garde bien ! — répliqua vivement le maire. — Sans doute il sera nécessaire de courir à Malaunay, pour passer une dépêche au parquet de Rouen... Or, Pomponnette fait la route en cinquante minutes... — C'est même la seule jument du pays capable de ça !!... — ajouta-t-il avec l'orgueil du propriétaire convaincu.

Pétronille avait disparu déjà. — Elle courait s'acquitter de sa triple mission en racontant sur son passage, à qui voulait l'entendre, qu'un crime épouvantable venait d'être commis et que M. le maire, représentant de la justice, allait faire une descente au château avec le juge de paix et la gendarmerie.

Aussi quand Sidoine-Apollinaire Fauvel quitta sa maison, n'ayant pris que le temps de mettre son chapeau à larges ailes, de sangler autour de ses reins l'écharpe aux trois couleurs et de placer sous son bras gauche un ample portefeuille-ministre de maroquin rouge à son chiffre, bon nombre de curieux se trouvaient rassemblés sur la place et suivirent à distance respectueuse l'important personnage qui, dans sa préoccupation, répondait à peine aux saluts de ses administrés et arpentait la grande rue en compagnie de Sylvain, aussi vite que le lui

permettaient ses courtes jambes, tout en répétant
d'une voix qui s'essoufflait de plus en plus :

— Quel événement, miséricorde! quel événement!!

Le juge de paix vint à sa rencontre à mi-chemin,
et dit en lui serrant la main :

— Vous m'avez fait prévenir que vous aviez besoin de moi, cher monsieur Fauvel. Me voici à votre
disposition. — De quoi s'agit-il?

Le maire expliqua la situation en peu de mots.

— Cela paraît grave en effet, — murmura le juge
de paix, — mais les apparences sont souvent trom-
peuses!... L'immortel fabuliste n'a-t-il pas écrit :

« De loin c'est quelque chose, et de près ce n'est rien? »

— Je désire bien vivement qu'il en soit ainsi
cette fois, — répliqua M. Fauvel, — mais je n'ose
guère l'espérer...

Vingt pas plus loin le brigadier apparut à son
tour, escorté de deux gendarmes.

— Aux ordres de monsieur le maire... — fit-il
avec le salut militaire. — Sachant qu'il y avait pré-
somption d'assassinat, j'ai cru devoir prendre ces
hommes pour le cas où il serait nécessaire de sur-
veiller quelque issue ou de faire une course...

— Vous avez eu raison, mon brave, et je vous

approuve... — Ah! voici Claude Renard et ses outils... — Bonjour, Claude Renard... bonjour... —
Nous sommes maintenant au complet... Hâtons-
nous donc... — Je voudrais connaître déjà le mot
de la sombre énigme...

Dix minutes plus tard la petite troupe, entraînant
à sa suite près de cent curieux, arrivait à la grille
du château.

Colette et le garçon boucher n'avaient eu garde de
quitter leur poste.

— Avez-vous vu quelque chose ou quelqu'un ? —
leur demanda Sylvain à voix basse.

— Une demi-douzaine de passants, — répliqua la
jeune fille, — mais c'étaient tous gens du pays qui
nous ont dit bonjour en riant... — Pas une seule
figure inquiétante.

Il s'agissait d'entrer dans l'enclos, et par conséquent d'ouvrir la grille, la justice ne pouvant procéder par voie d'escalade, ainsi que l'avait fait
Sylvain.

En trois coups de marteau le serrurier coupa
l'un des maillons de la petite chaîne, qui tomba avec
son cadenas.

Un crochet introduit dans la serrure fit jouer le
pêne après quelques tâtonnements; il ne restait qu'à
soulever certaine barre de fer dont nous ignorons le
nom technique.

Ce fut l'affaire d'une minute et la grille tourna sur ses gonds.

Un grand mouvement et une vive rumeur se firent dans la foule, qui maintenant formait un demi-cercle compacte et serrait de près M. Fauvel et ses compagnons.

Tout le monde aurait voulu se précipiter dans le parc et s'y précipiter à la fois.

Le maire se retourna vers les curieux en fronçant les sourcils avec une physionomie olympienne.

— Personne ne doit entrer ici ! — s'écria-t-il, — et personne n'entrera, non personne !! sous quelque prétexte que ce soit ! — Brigadier, placez ici une sentinelle et faites respecter la consigne !! — J'ai dit !!

Un murmure de désappointement très-marqué accueillit ces paroles ; mais il fallait se soumettre, bon gré mal gré, et les plus avides d'émotion prirent leur parti comme tous les autres.

Une seule réclamation s'éleva.

— Monsieur le maire, — fit Colette, en s'avançant avec aplomb et en dessinant une belle révérence, — Jacquemet et moi, s'il vous plaît, nous avons droit...

Nous savons que Jacquemet était le garçon boucher.

— Vous avez droit... — répéta M. Fauvel, — quel droit ?

— Droit d'entrer...

— A quel titre ?

— Nous sommes témoins...

— Témoins de quoi ?

— Témoins que Mariette avait envoyé hier soir la petite Gervaise commander du poisson pour ce matin à papa, du gibier à Sylvain, et de la viande de choix au patron de Jacquemet... à preuve que voilà la truite, la perche et les écrevisses, et que vous pouvez voir le gigot, les côtelettes et le filet de bœuf dans le panier de Jacquemet. D'ailleurs nous arrivions ici en même temps que Sylvain, et nous avons fait bonne guette pendant qu'il allait vous prévenir.

Ces raisons n'étaient peut-être pas inattaquables au point de vue de la logique, mais M. Fauvel ne se donna point la peine de les discuter.

— Passez... — fit-il.

— Grand merci, monsieur le maire...

Colette et Jacquemet jetèrent un regard triomphant et presque dédaigneux sur la multitude impitoyablement consignée, et franchirent la grille qui se referma derrière eux et près de laquelle un gendarme se mit en faction.

Sidoine Fauvel, le juge de paix, le brigadier, le serrurier, Sylvain, Colette, Jacquemet et le second gendarme — huit personnes en tout — se dirigèrent vers le château par l'avenue des pommiers.

Ravageot, l'oreille basse, la mine inquiète, la queue entre les jambes, marchait sur les talons de son maître.

Il poussa tout à coup un gémissement lugubre.

— Monsieur le maire, — dit Sylvain, — voilà Munito... — S'est-on assez acharné sur lui ! — Il a reçu plus de coups de couteau qu'il n'en aurait fallu pour le tuer dix fois !

— Pauvre bête ! — murmura le magistrat municipal en s'arrêtant. — J'avais proposé à Jacques Landry, il y a un mois, de lui acheter ce dogue quinze louis, lui offrant en outre un de mes bassets pour chien de garde... — Il m'a répondu que M. Domerat tenait beaucoup à Munito et ne consentirait point à s'en défaire, et surtout à le vendre...

Le juge de paix prit la parole.

— Il importerait de savoir, — dit-il, — si cet animal a été tué à l'endroit où nous sommes, ou si, frappé plus loin, il s'est traîné jusqu'ici pour mourir.

— Cela est en effet de quelque importance, — appuya M. Fauvel, — mais comment éclaircir le fait ?

— C'est facile, — s'écria Sylvain.

3

V

— Facile ? — répéta M. Fauvel, — et comment ?
Sylvain ne répondit pas.

Il s'était remis à marcher, en se penchant vers le
sol comme un Indien qui suit une piste.

Ayant ainsi parcouru dix mètres environ, il s'arrêta.

— L'herbe est arrosée de sang jusque-là, — dit-il
alors, — et voici la place où le dogue a lutté contre
celui ou contre ceux qui le tuaient...

Le maire, le juge de paix et le brigadier s'appro-
chèrent.

Sur un espace de trois ou quatre pieds, la pelisse
de gazon avait été labourée profondément en vingt
endroits par les ongles de Munito, et des myriades

de grosses mouches bourdonnaient autour des flaques de sang déjà sèches.

— En m'entendant sonner à la grille, — poursuivit Sylvain, — la pauvre bête, aux trois quarts morte déjà, aura repris un peu de force pour se traîner à ma rencontre...

— C'est probable, — fit le juge de paix.

— C'est évident !... — approuva le maire.

— Je voudrais bien relever une trace quelconque des chaussures que portaient les malfaiteurs, — reprit le juge de paix. — Voyez donc, Sylvain... — Vous êtes chasseur et vous avez de bons yeux... — Cherchez et tâchez de trouver...

Sylvain se mit à plat ventre et, lentement, minutieusement, il écarta les brins d'herbe et interrogea le sol ; mais il se redressa bientôt en secouant la tête.

— Impossible ! — dit-il, — pas une goutte d'eau n'est tombée depuis huit jours... la terre est sèche comme de la craie... elle n'a point gardé d'empreinte...

— Continuons alors. Il est inutile de nous arrêter ici plus longtemps... — reprit le juge de paix.

Ce juge de paix se nommait Rivois. C'était un vieux garçon d'une soixantaine d'années, long et maigre, avec de rares cheveux grisonnants. — Très-bon jurisconsulte et doué d'une intelligence hors ligne, il s'était fait une modeste fortune en plaidant au barreau de Rouen.

La faillite d'un banquier l'avait dépouillé de cette fortune au moment précis où, surmené par de longs travaux, il venait de prendre sa retraite.

En conséquence, la justice de paix du canton de Rocheville lui ayant été offerte, il s'était trouvé fort heureux de l'accepter, et il vivait de ses maigres appointements, assez mal mais avec une grande dignité.

M. Rivois jouissait dans le canton d'une considération sans bornes, d'une influence énorme, et les méritait absolument. — Sidoine Fauvel, plus que personne et sans s'en douter, subissait son influence.

La petite troupe atteignit et franchit les degrés du perron conduisant à la maîtresse porte.

— Allons, Claude Renard, — dit le maire, — à la besogne, et vivement...

L'ouvrier introduisit un crochet dans le trou de la massive serrure.

— Diable ! — murmura-t-il, — si c'est fermé à double tour, ça ne sera pas commode.

Ce n'était pas commode, en effet.

Cependant, après bon nombre de tentatives inutiles, l'obstacle fut vaincu. — La porte s'ouvrit, — il devint possible de franchir le seuil.

On pénétra dans un vestibule à l'ancienne mode, d'amples proportions, très-haut d'étage, boisé en chêne, sonore autant qu'une église et pavé de dalles polies alternativement blanches et noires comme les cases d'un damier.

A gauche de ce vestibule un large escalier à rampe de fer forgé s'appuyait à la muraille et conduisait aux chambres du premier.

Une lanterne de cuivre octogone pendait à la rosace du plafond.

Pas d'autres meubles que des banquettes de bois noir sculpté, cinq ou six escabeaux pareils et une table carrée à pieds tordus supportant un très-beau bougeoir du temps de Louis XVI, en cuivre poli, avec des fleurs de lys en relief.

Dans les panneaux, des trompes de chasse, de vieux fusils à pierre et autres trophées cynégétiques se suspendaient à des bois de cerf formant appliques.

Ces antiquailles provenaient des anciens propriétaires du château.

L'armateur du Havre, ayant acheté l'habitation toute meublée, n'y avait fait jusqu'à cette époque aucun changement.

On ouvrit les volets des deux fenêtres.

Le vestibule était dans un ordre parfait ; — à coup sûr il n'avait servi de théâtre à aucune scène de violence.

— Orientons-nous... — dit M. Fauvel. — Je connais un peu la maison, ayant rendu visite à diverses reprises à l'honorable M. Domerat... — La porte en face, si je ne m'abuse, conduit au salon, celle de droite à la salle à manger, celle de gauche à la cuisine et aux offices... — Quelqu'un sait-il où se trouvent les chambres de Jacques Landry et de Mariette?

— Je le sais moi... — répliqua Colette. — Elles sont de l'autre côté des cuisines et de la lingerie; il y a un couloir entre les deux, et celle de Landry a une seconde porte qui donne sur l'enclos de la basse-cour.

— Alors, petite, conduis-nous...

— Oui, monsieur le maire... oui, bien sûr, je vais vous conduire... Seulement...

Colette hésita.

— Seulement, quoi ?

— Dame ! s'il s'est fait du crime là-dedans, je n'ose pas entrer la première.

Le braconnier intervint.

— Je sais le chemin, moi aussi, — fit-il, — je peux vous guider...

Et, tout en parlant, il ouvrait la porte de la cuisine.

Une belle cuisine, ma foi, où sans peine on aurait préparé le repas de Pantagruel ayant pour convives Gargantua et frère Jean des Entommeures.

Profonde et large cheminée, chenets de fer poli hauts de quatre pieds, crémaillères puissantes destinées à soutenir au-dessus du brasier des chaudrons gigantesques, fourneaux de toutes les tailles, rôtissoires monumentales, et sur des plaques de faïence, le long des murs, régiments de casseroles en cuivre étincelant rangées par ordre de taille.

Une grande et épaisse table carrée, en bois blanc, occupait le milieu de la pièce.

Sur cette table, à côté de piles d'assiettes fraîchement lavées, se voyaient trois plats d'argent au chiffre de M. Domerat.

L'un de ces plats contenait la moitié d'un poulet, l'autre un jambon d'Yorck entamé, et le troisième une de ces boîtes rondes en fer-blanc qui viennent de Colmar et renferment des foies gras aux truffes.

La boîte était ouverte, et son appétissant contenu avait subi un assaut vigoureux.

— Il y avait un hôte au château hier soir, et un hôte important, la chose est évidente, — murmura le juge de paix.

— Pourquoi supposez-vous cela ? — demanda M. Fauvel.

— Parce que Jacques Landry et sa fille, dont les goûts étaient simples et la position modeste, n'ont certainement ni fait usage de vaisselle plate pour souper en tête-à-tête, ni combiné ce menu presque luxueux, capable de satisfaire, par sa finesse et son abondance, le plus affamé des gourmets.

— C'est vraisemblable, et je le crois comme vous, — appuya le maire.

— Sylvain, Colette et Jacquemet nous l'ont dit, — poursuivit le juge de paix, — on attendait quelquelqu'un, et l'on faisait pour le bien recevoir des préparatifs et des commandes... Ce *quelqu'un* est arrivé sans doute plus tôt qu'on ne croyait... Alors, et sans perdre une minute, on a mis les petits plats dans les grands, étalé toutes les ressources, fouillé la réserve, improvisé enfin en aussi peu de temps que possible un repas confortable. — Qui était ce *quelqu'un* et qu'est-il devenu? — Voilà ce que, peut-être, nous ne tarderons guère à savoir...

— Espérons-le... — s'écria M. Fauvel.

Ces conjectures et ces observations échangées on traversa l'office, vaste pièce où de nombreux domestiques pouvaient s'attabler ; puis la lingerie, entièrement garnie d'armoires pleines de linge, nappes, draps, serviettes, etc.

Office et lingerie étaient aussi parfaitement en ordre que la cuisine et le vestibule.

— Un assassinat dans une maison si bien tenue ! ! — murmura le maire, — allons donc ! ! — C'est invraisemblable ! ! — C'est impossible ! ! — Nous découvrirons tout à l'heure que, par suite de circonstances toutes naturelles mais que nous ne devinons pas, ni Jacques Landry, ni sa fille n'ont passé la nuit au château...

— Je le croirais, ou plutôt je l'espérerais comme vous, si l'on n'avait pas tué le chien, — répliqua le juge de paix, — mais le meurtre de Munito m'inquiète parce qu'il est inexplicable.

— Bah ! ça s'expliquera comme le reste...

Sylvain se dirigea vers une porte située au fond de la lingerie, et dit en posant la main sur le bouton de la serrure :

— Nous allons entrer dans le couloir qui se trouve entre la chambre de Jacques et celle de Mariette... — Avant une demi-minute M. le maire et M. le juge de paix sauront à quoi s'en tenir.

Il ouvrit et franchit le seuil, mais à peine avait-il jeté un coup d'œil dans les demi-ténèbres du couloir qu'il recula en poussant un cri d'horreur.

— Quoi? qu'est-ce que c'est?.. — demanda vivement M. Fauvel.

— Regardez... — balbutia Sylvain.

Le maire et le juge de paix s'avancèrent en même temps.

Le spectacle qui les attendait fit courir sur leur chair un frisson d'épouvante.

Mariette gisait au milieu du couloir, étendue sur le dos et les bras en croix, dans une mare de sang caillé.

3.

Cette victime d'un assassin mystérieux était la veille encore une grande et belle fille de vingt ans, pleine d'intelligence et de cœur et douée d'une surabondance de vitalité.

Sans doute un bruit soudain, l'éveillant brusquement au milieu de la nuit, l'avait fait sauter en bas de son lit et pénétrer dans le couloir où la mort l'attendait.

Inquiète pour son père, peut-être, la pauvre enfant n'avait pris que le temps de nouer autour de sa taille les cordons d'une jupe et s'était élancée hors de la chambre.

Un coup de couteau, un seul, mais effroyable, avait entaillé sa gorge et fait une blessure foudroyante.

Ses longs cheveux bruns, dénoués dans le sommeil ou dans la chute, cachaient à demi sa poitrine blanche et ferme et ses bras superbes, nus jusqu'aux épaules.

Son pâle visage se détachait comme un masque de cire vierge sur la flaque sanglante qui lui servait de sombre repoussoir.

La bouche était crispée. — Les prunelles noires, à peine ternies, regardaient avec effarement dans le vide... — Les traits charmants et immobiles conservaient une expression inouïe de surprise et d'horreur...

VI

— Ah! — murmura M. Fauvel devenu presque aussi pâle que la morte. — ah! c'est horrible!!

Et il cacha dans ses deux mains son visage décomposé.

Colette sanglotait en balbutiant :

— Oh! Mariette!! pauvre chère Mariette!! une si brave fille... une si bonne fille... et que j'aimais tant!

Sylvain, les poings crispés, indiquait par son attitude que s'il tenait le meurtrier il n'attendrait pas la décision du jury pour lui faire passer un mauvais quart d'heure.

Le brigadier de gendarmerie et son subordonné, le serrurier et Jacquemet, dominaient à grand'peine leur émotion.

Le juge de paix, quoique profondément remué lui aussi, conservait seul un peu de sang-froid.

— Malheureusement — dit-il — nous ne sommes pas, j'en ai peur, au bout de notre lugubre tâche!...
— Il nous reste certainement à constater un second crime... — L'infâme qui si lâchement a frappé la fille avait d'abord assassiné le père! — Je ne crois pas qu'on puisse à cet égard conserver l'ombre d'un doute... — Où est la chambre de Jacques Landry?

— Là, monsieur le juge de paix... — répliqua Sylvain en désignant à gauche, dans le couloir, une porte ouverte au grand large.

— Entrons...

— Mais — hasarda M. Fauvel — il serait urgent, je crois, de relever d'abord le cadavre de cette malheureuse enfant!

— Non pas, non pas, monsieur le maire!! — s'écria le juge de paix, — gardons-nous-en bien!!
— La justice, en arrivant ici, doit trouver toutes choses en l'état... C'est indispensable... — Entrons donc, je le répète, mais que personne ne touche à ce corps.

— Il fait noir là-dedans, — dit Sylvain, — je vais ouvrir la fenêtre et les volets afin de donner du jour. Vous entrerez ensuite...

De même qu'il avait franchi le premier le seuil du couloir, il franchit celui de la chambre et, pour la seconde fois, il poussa une sourde exclamation, suivie de ces mots :

— M. le juge de paix avait bien raison!! Jacques est assassiné comme sa fille!! j'ai buté contre son cadavre.

— Miséricorde!... — balbutia le magistrat municipal, — mais c'est donc une boucherie! Et dans ma commune, mon Dieu!... dans ma commune!

Un flot de lumière, inondant le couloir au moment où Sylvain ouvrait les volets, éclaira le cadavre de Mariette.

Le spectacle qui s'offrit aux regards dans la chambre de Jacques Landry était également sinistre.

L'ancien matelot, sans autre vêtement que sa chemise, gisait sur le plancher, près de la porte, mort et déjà roidi.

Il n'avait pas été tué comme sa fille d'un coup de couteau, mais d'un coup de hache. — L'arme pesante avait frappé le crâne avec une telle force que la tête était fendue jusqu'aux épaules. — La cervelle et le sang formaient une boue hideuse autour du visage écartelé qui n'offraient plus apparence humaine.

Jacques Landry, âgé de cinquante-cinq ans à peu près, de taille moyenne, râblé comme un boxeur anglais, musclé comme un hercule, vigoureux comme un jeune homme, était assurément capable d'opposer une énergique résistance non-seulement à un, mais à trois ou quatre agresseurs.

Les armes, en outre, ne lui manquaient pas.

Deux fusils de chasse pendaient accrochés à la boiserie. — Un revolver se voyait sur une petite table.

Le malheureux, — on n'en pouvait douter, — avait été pris à l'improviste.

Réveillé en sursaut au milieu de la nuit par une voix qui l'appelait, une voix connue, une voix qu'il croyait amie, il était venu sans défiance ouvrir sa porte.

L'assassin l'attendait la hache haute, et le crime s'était consommé...

Pourquoi ce crime?... — dans quel but cette *boucherie?* comme disait le maire de Rocheville.

On pouvait le deviner, ou tout au moins le soup-çonner en voyant l'état de la chambre.

Cette chambre, assez vaste, avait des boiseries grises, dissimulant sous leurs panneaux des placards se fermant à clef. — L'un de ces placards se trouvait derrière le lit.

Les meubles consistaient en deux bahuts massifs, très-anciens, munis de solides serrures en fer forgé et ciselé.

Eh bien! le meurtrier, une fois l'assassinat ac-compli, n'avait pas voulu se donner la peine de

chercher les clefs des placards et celles des bahuts,
ou n'avait pas pu les trouver.

Les boiseries tailladées à coups de hache laissaient à découvert l'intérieur des placards ; — celui
que les rideaux du lit cachaient à moitié était béant
comme les autres.

Les portes brisées du bahut de chêne pendaient à
leurs gonds disloqués.

Le linge, les vêtements, les papiers et les livres
qu'ils avaient renfermés gisaient pêle-mêle sur le
plancher.

L'assassin, s'acharnant ainsi contre des meubles
et mettant leur contenu au pillage, cherchait à coup
sûr quelque chose... — mais quoi?

— Avez-vous entendu dire que le malheureux
régisseur fût habituellement ou accidentellement
dépositaire de sommes importantes appartenant
à M. Domerat? — demanda le juge de paix à
M. Fauvel.

Ce dernier secoua la tête.

— Jamais on n'a dit cela... — répliqua-t-il — et
l'eût-on dit, je n'en aurais rien cru. — Songez
donc... c'est si peu probable... — Cette propriété
ne rapporte pas un sou et coûte cher à entretenir...
— Jacques Landry, ne touchant aucun fermage, ne
devait avoir en caisse que l'argent courant et les
fonds destinés à l'entretien et aux réparations...

Or, M. Domerat a passé vingt-quatre heures ici la
semaine dernière, et je sais qu'il a payé lui-même
les mémoires relatifs à tous les petits travaux exé-
cutés depuis trois mois.

— Alors, — reprit le juge de paix — je m'y perds...
— L'assassin, cela saute aux yeux, avait un autre
mobile qu'un misérable vol de quelques centaines
de francs !!... Il a laissé des plats d'argent dans la cuisine, vous l'avez vu !... — Il cherchait !... — Que cher-
chait-il ? — Comment, au milieu de la nuit, se trou-
vait-il dans la maison fermée ? — Comment s'est-il
fait ouvrir cette porte derrière laquelle Jacques
Landry était en sûreté et pouvait se défendre ?... —
Autant d'énigmes à résoudre... Mais ce n'est point à
nous seuls qu'il appartient d'en trouver le mot... —
Avant de continuer notre enquête sommaire nous
devons, sans perdre une minute, aviser le parquet
de Rouen qui nous enverra un juge d'instruction.

— J'y songeais... — dit M. Fauvel. — Allons dans
l'office car, avec cette scène d'abominable carnage
sous les yeux... ma main tremblerait, je le sens
bien...

— Allons...

Le superbe portefeuille de maroquin rouge dont
nous avons constaté la présence sous le bras du
magistrat municipal renfermait une petite écri-
toire, un porte-plume, enfin, — comme on dit dans

les vaudevilles, — tout ce qu'il fallait pour écrire.

Avec l'aide du juge de paix qui gardait intacte sa présence d'esprit, M. Fauvel rédigea rapidement une dépêche courte mais suffisamment explicite, à l'adresse du procureur de la République, en son parquet, à Rouen.

Ceci fait, il tira de son gousset un splendide chronomètre qu'il se plaisait à faire admirer et dont il disait volontiers le prix.

— Neuf heures moins douze minutes... — fit-il.

— Brigadier?...

— Monsieur le maire?

— Un de vos hommes va se rendre incontinent chez moi.

— Oui, monsieur le maire, Nicolas Brusquet, ici présent...

— Il trouvera dans ma cour mon tilbury tout attelé, — continua Sidoine Fauvel. — Il y prendra place en compagnie de mon petit domestique, Jean-Marie. — Pomponnette, ma jument, les conduira en cinquante minutes à Malaunay. — Vous savez sans doute, brigadier, que ma jument Pomponnette est la plus fine trotteuse de l'arrondissement.

— Oui, monsieur le maire, j'ai l'avantage de me l'être laissé dire.

— Une fois à la station, par conséquent à dix heures moins un quart environ, Nicolas Brusquet fera jouer le télégraphe... — Ma dépêche arrivera au parquet en temps utile et le juge d'instruction délégué pourra s'embarquer par le train express de onze heures, ou tout au moins par le train omnibus de onze heures quarante-cinq... — Il sera donc à Malaunay à onze heures douze, au plus tard à midi quatre, et il y trouvera mon tilbury qui le ramènera ici, toujours en cinquante minutes... Nicolas Brusquet reviendra pédestrement... — Je suppose que vingt kilomètres ne lui font pas peur...

— Oh! pour ça, non, monsieur le maire... vingt kilomètres, ça s'avale en trois petites heures...

— Voici le télégramme...

— Nicolas Brusquet, vous avez eu celui d'entendre M. le maire... En route, et partez du pied droit!

Le gendarme saisit la dépêche qu'il plia en quatre et qu'il inséra entre deux des boutons de sa tunique.

— Il dessina ensuite le salut militaire et sortit au pas gymnastique.

— Brigadier, — dit à son tour le juge de paix, — vous allez vous rendre à la grille du château, où la foule est probablement plus nombreuse encore qu'au moment de notre arrivée... — Il est possible que parmi cette masse de curieux deux ou trois se trouvent en état de nous donner des indications utiles. — Informez-vous avec adresse, et amenez ici quiconque se prétendra possesseur d'un renseignement quelconque...

— Relativement à quoi, monsieur le juge de paix, s'il vous plaît?

— Mais relativement, par exemple, aux personnes qui seraient venues hier soir au château, et aux figures suspectes qu'on aurait pu rencontrer rôdant après la tombée de la nuit dans les environs...

— *Sufficit*, monsieur le juge de paix! — C'est compris. — Je pars et je reviens *illico*.

L'absence du brigadier dura peu de temps.

M. Fauvel mit ce temps à profit pour éponger à vingt reprises son front baigné de sueur et pour s'efforcer de rétablir un peu d'ordre dans ses pensées confuses car, depuis la découverte du crime commis au sein de sa commune, il lui semblait vivre en plein cauchemar...

VII

L'absence du brigadier, avons-nous dit, dura peu de temps.

Le digne sous-officier reparut au bout d'un quart d'heure.

— Vous êtes seul!! — s'écria M. Rivois un peu désappointé.

— Faites excuse, mon juge de paix, j'ai trois témoins qui savent, ou tout au moins qui prétendent savoir quelque chose...

— Quels sont ces témoins?

— La petite Gervaise, un cultivateur que vous connaissez bien et qui s'appelle Andoche Ravier, et le nommé Jean Pauquet, valet de charrue de la ferme des Étiaux, à cinq kilomètres de Rocheville...

— Je le connais aussi. — Eh bien, où sont-ils?

— Dans la cuisine.

— Pourquoi ne les avez-vous pas introduits avec vous?

— J'ai cru bien faire... — J'ai pensé qu'il vous conviendrait peut-être de les questionner chacun à leur tour sans qu'ils puissent entendre les réponses les uns des autres.

— Vous avez eu raison et je vous complimente de votre prudence... — Amenez Gervaise...

Le brigadier, rouge de joie et bouffi d'orgueil, fit le salut militaire et quitta la lingerie où il reparut presque aussitôt, accompagnant le premier témoin.

Cette enfant, — (Gervaise avait quinze ans à peine et ne paraissait pas en avoir plus de donze ou treize) — était toute petite, pauvrement vêtue, fort peu peignée sous sa coiffe normande, et plutôt laide que jolie ; mais l'intelligence éclairait son visage irrégulier et petillait dans ses petits yeux noirs aux paupières rougies et gonflées, car elle venait de pleurer beaucoup et pleurait encore

Elle ne semblait du reste aucunement intimidée en comparaissant devant les autorités de la commune.

— Gervaise, mon enfant, — lui demanda M. Rivois, — qu'est-ce que tu as? Pourquoi ces larmes?

— Ah! monsieur le juge de paix, j'ai bien du chagrin, allez! — balbutia la petite fille.

— D'où vient ce chagrin?

— De ce qu'on a tué Mariette... Oh ! Mariette !... Mariette !... Chère Mariette !

Et les sanglots de Gervaise éclatèrent avec une telle violence que, pendant quelque secondes, elle en fut pour ainsi dire suffoquée.

Le juge de paix laissa se calmer cette crise de désespoir et reprit :

— Tu l'aimais donc beaucoup, la pauvre Mariette?

— Si je l'aimais !... Ah ! oui, je l'aimais, ah ! je l'aimais de tout mon cœur... et Jacques Landry pareillement... Ils étaient si bons tous les deux... bons comme le bon pain... Il n'y en avait point de pareils !... Je ne suis guère plus grosse qu'une sauterelle, et guère plus forte non plus... Eh bien ! par grande charité et compassion, ils me laissaient travailler tant qu'ils pouvaient et, si peu que je fisse, ils avaient toujours l'air de trouver que j'en faisais assez... et savez-vous pourquoi, monsieur le juge de paix ?... pour me faire gagner la vie de ma vieille grand'mère et la mienne... C'était autant dire une aumône, et d'autres s'en seraient vantés... Eux, ils le cachaient, les chers braves gens !! Et on les a tués ! on les a tués tous les deux !... Mariette et Jacques Landry... le père et la fille !! Et je ne les verrai plus !... et qu'est-ce que nous allons devenir présentement, grand'mère et moi ?...

Gervaise cacha son visage dans ses mains et donna de nouveau un libre cours à ses sanglots.

M. Fauvel prit la parole.

— Ton chagrin, petite fille, est des plus légitimes et des plus honorables... — fit-il avec solennité, — mais rassure-toi cependant... — ta grand'mère est une digne femme qu'on ne laissera point mourir de faim... — Je m'occuperai de la faire admettre dans un asile de vieillards, et je lui promets en outre un secours immédiat sur les fonds inscrits *ad hoc* au budget de la commune...

— Bien des mercis... monsieur le maire... — balbutia Gervaise. — Grand'mère aura du pain, grâce à vous, mais ça ne me rendra pas ma chère Mariette...

— Rien ne peut te la rendre, hélas! — dit le juge de paix. — L'infâme assassin a frappé d'une main trop sûre!... — Mariette et Jacques Landry sont morts... — Il ne suffit point de les pleurer, il faut les venger, et peut-être pourras-tu nous venir en aide pour atteindre ce résultat....

La petite fixa sur son interlocuteur ses grands yeux étonnés.

— Vous venir en aide? — répéta-t-elle, — et comment!

— En nous apprenant ce que tu sais...

— Hélas! je ne sais pas qui a tué Mariette et son

père... Ah ! si je le savais, je vous aurais déjà livré le misérable !

— Bien entendu, aussi je ne te demande point cela. Mais enfin tu sais quelque chose, tu l'as dit tout à l'heure au brigadier, et la preuve c'est qu'au lieu de te laisser à la grille avec la foule, il t'a amenée ici devant M. le maire et devant moi.

— C'est vrai, je l'ai dit.

— Était-ce un mensonge ? Ce serait bien mal !...

— Non monsieur le juge de paix, ce n'était pas une menterie... seulement...

La petite fille hésita.

— Seulement ? — répéta M. Rivois. — Voyons, achève.

— Seulement, — reprit Gervaise, — peut-être que ce que je pourrais répéter ne signifie pas grand'chose.

—C'est ce dont nous serons juges mieux que toi.— Explique-toi donc librement et hardiment, il est possible que des révélations qui te semblent insignifiantes soient pour nous d'une importance capitale... — De qui ou de quoi voulais-tu parler il n'y a qu'un instant, quand tu proposais au brigadier ton témoignage ?... — A quelle personne ou à quel incident pensais-tu ?...

— Je pensais à Sidi-Coco... — murmura Gervaise.

— Sidi-Coco !! — s'écrièrent à la fois le maire et le juge de paix, stupéfaits de ce nom étrange qu'ils entendaient pour la première fois. — Qu'est-ce que c'est que Sidi-Coco?

Le brigadier s'avança.

— Je le sais, moi, — fit-il en caressant sa moustache épaisse, — et je puis l'apprendre aux autorités...

— C'est ce que je vous engage à faire sans le moindre retard, — dit M. Fauvel.

— Eh bien donc, Sidi-Coco, ou le *Zouave*, car on le désigne également ainsi, est l'un des sujets de la troupe de funambules, acrobates, saltimbanques, faiseurs de tours et montreurs de curiosités diverses et autres, qui a donné des représentations dans une baraque en toile pendant quatre soirs consécutifs, sur la place de la mairie.

— Avec mon autorisation, — interrompit M. Fauvel, — autorisation que je n'ai pas cru devoir refuser, l'impressario de ces nomades ayant des papiers fort en règle.

— Tous ces gens-là ont levé le pied hier matin avec leur grande maison roulante et leurs trois chevaux écloppés... — reprit le brigadier, — ils sont à cette heure à douze kilomètres d'ici, à Saint-Avit, dont c'est demain la fête patronale... — Pour lors, monsieur le maire, Sidi-Coco est le plus drôle de la bande... — il ne croque point de poulets crus, celui-là, et n'avale ni des cailloux ni des étoupes enflam-

4

mées, mais il a deux voix à son service, le gaillard !
l'une naturelle, dont il se sert comme le premier
venu ; l'autre qu'il tire on ne sait d'où et qui semble
venir, à sa volonté, du fond d'un puits ou du toit
d'une maison, et il imite avec cette voix-là les or-
ganes des personnes, que c'est à s'y tromper, parole
sacrée !

— Ah ! ah ! — fit le juge de paix, — un ventriloque...

— C'est bien comme ça qu'il s'intitule, et encore
l'*homme à la poupée*, car il met dans sa poche ou dans
son chapeau une poupée en bois, faite à l'instar d'une
personne naturelle... il lui dit des choses à mourir
de rire, et on jurerait qu'elle lui répond... — Ah ! le
mâtin est un malin dans son métier, il peut s'en
vanter...

— Et, savez-vous quelque chose sur ce Sidi-Coco,
brigadier ? — demanda M. Rivois.

— Rien de rien, mon juge de paix... — Jamais au
grand jamais je n'avais entendu parler de lui avant
dimanche dernier...

— Eh bien ! petite, — reprit le maire en s'adressant à Gervaise, — quels rapports peuvent exister
selon toi entre ce ventriloque et l'assassin de Jacques
Landry et de Mariette ?

— Je ne dis pas du tout qu'il y ait des rapports...
je dis seulement que Mariette et Sidi-Coco se connaissaient depuis longtemps...

M. Fauvel fit un haut-le-corps.

— Allons donc! — s'écria-t-il, — c'est absurde!! C'est impossible!!...

— Dame! c'est pourtant la vérité vraie, monsieur le maire.

— Mais comment?... mais qui t'a dit?...

Le juge de paix intervint.

— Cher monsieur Fauvel, — fit-il, — vous troublez cette enfant... — Laissez-la s'expliquer, je vous en supplie... — Voyons, petite, raconte-nous ce que tu as vu ou entendu, enfin ce que tu sais...

Gervaise prit une attitude réfléchie et, après un instant de silence, elle releva la tête.

— C'était lundi... — commença-t-elle, — le lundi de la semaine où nous sommes... — Dimanche, toute la sainte journée, depuis la sortie de la grand'messe jusqu'aux vêpres, et encore après les vêpres, les messieurs de la bande aux faiseurs de tours avaient tapé sur leurs tambours et soufflé dans leurs trompettes pour attirer les gens à leur baraque... — Le soir il était venu beaucoup de monde... beaucoup... beaucoup... — Je grillais d'entrer comme les autres... mais, pas moyen!... ça coûtait quatre sous!! — Je rentrai chez grand'mère... Je me couchai sans avoir sommeil, et je m'endormis presque en pleurant, car j'entendais toujours, de loin, souffler dans les trompettes et taper sur les tambours, tandis que l'homme habillé de gris, avec une fausse perruque en crins rouges, criait à s'enrouer devant la baraque : — *Entrez ! entrez ! suivez le monde !!...* Dame, vous comprenez, ça me tentait...

M. Fauvel, trouvant ce récit trop long, ouvrait la bouche pour intervenir.

Le juge de paix, vivement, presque impérieusement, lui fit signe de ne point interrompre.

Le magistrat municipal, docile selon son habitude, referma la bouche et se tut.

Gervaise continua.

— Donc, le lundi, tout un chacun de ceux qui la veille étaient entrés dans la baraque disaient que c'était vraiment superbe, et qu'on irait jusqu'à la ville sans voir un spectacle plus beau... — Ça me tournait la tête... — Faut croire qu'en arrivant ici je n'avais pas ma figure de tous les jours, car Mariette me demanda : — *Qu'est-ce qui te taquine, petiote Gervaise ? — Tu as l'air je ne sais comment ?*

VIII

— Je ne me gênais pas avec Mariette,—poursuivit
Gervaise, — je lui contai la chose au naturel, — elle
se mit à rire, sans rien répondre, et le soir vous
pouvez penser si je fus contente quand elle me dit :
— « Va-t'en chez ta grand'mère, petiote, mets tes
habits des dimanches, fais-toi bien belle et attends-
moi sur la place... Nous irons toutes les deux à la
baraque des saltimbanques. Papa l'a permis... » —
Je sautai de joie, j'embrassai Mariette, je courus
chez nous comme une folle, et je ne fus pas longue,
je vous assure, à mettre ma coiffe neuve et mon
casaquin... — Mariette, la chère créature, ne me fit
guère attendre, elle paya huit sous de sa poche,
et quand je me trouvai près d'elle, dans la baraque,
assise au premier rang sur un beau banc de bois re-

4.

couvert de cotonnade rouge, il me sembla que je
venais d'entrer dans le paradis...

Gervaise avait débité ce qui précède avec une si
prodigieuse volubilité qu'il lui fallut s'interrompre
un instant pour souffler.

—Que de paroles perdues !... — murmura M. Fauvel avec impatience, — qu'est-ce que ça nous fait,
tout ça ?...

Le juge de paix semblait au contraire écouter ce
récit diffus avec le plus vif intérêt.

La petite fille, ayant repris haleine, continua :

— Je ne me lassais point de regarder et d'écouter...
— dit-elle, — la musique me transportait de plaisir.
— Je vis des choses surprenantes, et c'était toujours
de plus fort en plus fort... Ces gens-là sont sorciers,
bien sûr... — A un moment la musique redoubla,
et puis se tut... Un bel homme s'avança sur les
planches et j'entendis autour de moi des gens qui
disaient : — *Sidi-Coco !... C'est Sidi-Coco !... Nous
allons rire !...* — Vous pensez si j'ouvris les yeux !...

« Le bel homme avait un costume de militaire
avec une petite veste toute galonnée, un pantalon
blanc large comme une jupe, des guêtres qui montaient jusqu'aux genoux, des moustaches noires
très-épaisses ; il portait une perruque blanche à
grande queue, et sur cette perruque un chapeau à
trois cornes avec un plumet rouge... il tenait dans

sa main gauche une poupée habillée en dame, en
robe de soie, aussi bien mise que mam'selle Léontine, la nièce à M. Domerat.

« Mariette fit un grand mouvement tout à coup,
comme une personne très-surprise. — Nous étions
serrées l'une contre l'autre. — Je sentis son coude
m'entrer dans les côtes. — Je lui demandai ce
qu'elle avait... elle ne répondit rien... — je la regardai,
elle était plus blanche que sa coiffe... — je voulus savoir si elle se trouvait malade... — Elle secoua la
tête et dit entre ses dents, d'un ton presque fâché :
— *Laisse-moi donc en paix, petiote !...* — Ça me cha-
grina un peu, mais Sidi-Coco venait de crier : *Attention !...* et je ne pensais plus qu'à lui...

« Il parlait à sa poupée, Sidi-Coco, et sa poupée
lui répondait avec une petite voix toute pointue... Il
se mettait en colère, et elle aussi... Il jurait de toutes
ses forces... elle jurait plus haut que lui... Une
poupée qui crie et qui jure !... C'est fort !... Ah ! il
est sorcier aussi, celui-là !

« Ça dura bien cinq bonnes minutes... Dans la
baraque on se tordait, tant c'était drôle de voir cette
petite bonne femme, pas plus haute que ça, gesti-
culer, se trémousser, et sacrer mieux qu'un vieux
troupier...

« Mais voilà que Sidi-Coco regarda par hasard de
notre côté... — Alors il tressauta, comme avait tres-

sauté Mariette et, la bouche ouverte, les yeux ronds,
l'air à l'envers, il s'arrêta net dans ce qu'il disait, et
de surprise lâcha sa poupée qui tomba et dont la
tête fit : *toc !* en touchant le plancher.

On se mit à crier, à siffler, à mener tapage. —
Sidi-Coco paraissait ne rien entendre et regardait
toujours Mariette. Le bruit cependant devint si fort
que le maître de la baraque arriva près de Sidi-Coco,
lui parla tout bas, ramassa la poupée et la lui
rendit... — Alors le bel homme continua, mais ce
n'était plus ça, oh ! non ! — Il avait la mine présentement de ne savoir ni ce qu'il disait, ni ce qu'il faisait
et, au bout d'un moment, il salua l'assistance, tourna
le dos et rentra derrière la toile.

« Un chien très-savant le remplaça, et il y eut ensuite un serin qui mettait le feu à un petit canon
avec sa patte, comme une personne dans l'artillerie...
— Je ne sais pas ce qui restait à voir après ça...
« *Allons-nous-en,* » dit Mariette et, me prenant par la
main, elle m'emmena bien malgré moi en déran-
geant le monde pour sortir.

« Dehors, il faisait nuit noire... — Sur la place et
dans les rues, pas un chat... — Je demandai à Mariette : — *Faut-il vous reconduire ?...* — Elle répondit :
— *Oui...* — Nous allions d'un bon pas, sans parler...
— Voilà que j'entendis la voix de Mariette tout près
de mon oreille ; elle disait : — *On marche derrière nous...*

on nous suit... courons !... — Et nous voici courant à
perdre haleine... — Ça ne devait servir à rien... —
Celui qui nous suivait courait plus vite que nous...
— Il nous rattrapa... — *Mariette... chère Mariette!*
— fit-il d'une voix très-basse et bien douce, —
arrêtez·vous, je vous en supplie... il faut que je vous
parle... il le faut...

« Mariette répondit : — *Nous n'avons rien à nous*
dire... et cependant elle s'arrêta.

« Même quand la nuit est bien noire les yeux s'ac-
coutument petit à petit, vous savez, et on finit par y
voir un peu clair...— Je me retournai, très-curieuse,
et je dévisageai l'homme... Il m'avait semblé déjà le
reconnaître à la voix, et je ne me trompais point. —
C'était Sidi-Coco...

— Ah ! — s'écria M. Fauvel, — ce saltimbanque,
ce rien qui vaille, ami de Mariette à qui toute ma
commune aurait donné le bon Dieu sans confession !!
C'est prodigieux, parole d'honneur !!

— Mais, — fit observer le juge de paix, — je ne
vois là jusqu'à présent, absolument rien qui puisse
compromettre l'honneur de la pauvre enfant assas-
sinée.... — Ce ventriloque, en somme, est peut-être
un brave garçon, et d'ailleurs il est clair que Mariette, loin de le chercher, le fuyait... — Gardons-
nous des jugements téméraires !!... — Continue,
petite Gervaise...

L'enfant reprit :

— Donc Mariette et Sidi-Coco se mirent à jaser,
tantôt l'un après l'autre et tantôt tous les deux à la
fois, et ça dura pas mal de temps... — je n'entendais
pas tout, car ils parlaient vite et très-bas, et ils
avaient avancé un peu... — J'ai compris cependant
que Mariette lui reprochait d'avoir pris un métier de
fainéant et de pas grand'chose... — Il répondait
que, ne la retrouvant point au pays à son retour du
régiment, et ne sachant où la chercher, il ne s'était
plus senti de courage à rien, et qu'alors il aurait
fait n'importe quoi pour gagner sa vie, pourvu que
ça ne fût point malhonnête... — Il ajoutait qu'il l'aimait de toutes ses forces, qu'il la voulait pour femme,
qu'il parlerait au père Landry, et patiti et patata...
Mariette répliquait qu'elle le lui défendait bien,
que le bonhomme Landry qui le refusait autrefois le
refuserait bien davantage encore à présent et même
le mettrait à la porte sans se gêner. — Il suppliait,
il se désolait... Mariette ne cédait pas et, se rappro-
chant de moi brusquement, elle me reprit le bras et
dit à Sidi-Coco : *Retournez d'où vous venez, je vous le conseille !... et ne me suivez plus... je ne veux pas être
suivie !...* Ensuite elle m'entraîna si vite que j'avais
bien du mal à marcher ou plutôt à courir comme
elle... Le jeune homme n'osa rien répondre, mais
j'entendais toujours le bruit de ses souliers sur la

route... pour sûr il venait derrière nous... — Mariette avait la clef de la grille... Elle m'embrassa et
me renvoya... — Je revins au village bien essoufflée
et rassurée tout juste... — J'avais peur que Sidi-
Coco ne s'avisât de m'accoster, mais je ne le ren-
contrai point.

— Et, depuis? — demanda le juge de paix.

— Depuis, je ne l'ai pas revu...

— Mariette, le lendemain, t'a parlé de lui sans
doute?...

— Elle m'a recommandé seulement de ne point
parler devant son papa de notre rencontre de la veille,
et, comme de juste, je n'ai rien dit.

— Supposes-tu que Sidi-Coco, malgré la défense
de Mariette, ait essayé de se rapprocher d'elle?

— Je ne suppose rien...

— As-tu quelque autre chose à nous apprendre,
ma petite?...

— Dame! Monsieur le juge de paix, questionnez-
moi si vous voulez et je répondrai pour le mieux...

— On attendait du monde au château... On faisait
des préparatifs... — M. Domerat et sa nièce doivent-
ils venir aujourd'hui?

— Voilà tout au juste ce que je sais. — Avant-hier
soir, Mariette me dit : — « *Papa s'en va demain à Rouen*
pour des affaires et ne rentrera que sur le tard... Je ne
veux pas rester toute seule, viens de grand matin, petiote

Gervaise... » J'arrivai dès le point du jour... —
Jacques Landry était déjà parti... — Vers les sept
heures, sept heures et demie, le facteur rural apporta
une lettre. — Mariette regarda l'adresse... — « *C'est
de M. Domerat,* — fit-elle. — *Ça vient de Paris et c'est
pour papa...* » et elle la posa sur une table.

— Sans la lire? — s'écria M. Fauvel.

— Bien entendu, monsieur le maire, puisque
c'était pour Jacques Landry... — Il revint sur le coup
de huit heures du soir, Jacques Landry... — Mariette
lui donna la lettre qu'il ouvrit bien vite et, après
avoir regardé ce que M. Domerat lui marquait, il
s'écria : — « *Tonnerre du diable, comment faire? — Il
faut des provisions pour demain... gibier, poisson, viande
de boucherie, tout ce qu'il y aura de plus fin... C'est la
consigne...* » Mariette répondit : « *Je vais faire une
note... Gervaise passera chez Sylvain, chez le boucher,
chez le père à Colette, et nous aurons tout de grand
matin...* » — Elle fit la note et me la lut, parce que
moi, voyez-vous, je ne sais pas lire, mais j'ai bonne
mémoire et ce qui m'entre par une oreille ne sort
point par l'autre... — Je revins au village. —
Je commandai ce qu'il fallait et, comme il était
bien trop tard pour retourner au château, je rentrai
chez grand'mère et je me couchai. — Ah! si l'on
m'avait dit dans ce moment-là que je ne reverrais
plus ma pauvre Mariette vivante, ni Jacques Landry

non plus, je n'aurais jamais voulu le croire, non, jamais... et pourtant c'était la vérité... Oh! mon Dieu!... Seigneur mon Dieu!!

Et les sanglots de la petite fille, interrompus pendant son récit, éclatèrent avec une intensité nouvelle.

— Bref, — demanda M. Rivois au bout d'une ou deux minutes, — tu as quitté Mariette et son père, hier au soir, entre huit et neuf heures ?...

— Il pouvait être huit heures un quart... — balbutia l'enfant, — mais je réponds que la demie n'était pas sonnée...

— Et à cette heure-là il n'y avait aucun étranger au château ?

— Ni étranger, ni gens du pays... Personne...

— Tu en es sûre ?

— Autant que je le suis de m'appeler Gervaise...

— C'est singulier !... — murmura le juge de paix.
— très-singulier !...

IX

— Une dernière question... — reprit M. Rivois, après avoir réfléchi pendant quelques secondes. — En quittant le château pour revenir à Rocheville t'acquitter des commissions de Mariette, as-tu rencontré quelqu'un sur la route ?

— Oui, monsieur le juge de paix, — répondit Gervaise, — j'ai rencontré deux hommes qui venaient par ici...

— Ensemble ou isolément ?

— Ensemble.

— Les connais-tu ?

— Je ne sais pas... il faisait nuit noire...

— Tu aurais pu les reconnaître à la voix.

— L'un des deux a parlé en passant à côté de moi...

il m'a semblé que je n'avais jamais entendu cette voix-là.

— C'est bien... Brigadier, reconduisez cette enfant à la cuisine, et qu'elle ne quitte point le château... — Il importe que le juge d'instruction, quand il arrivera, la trouve à sa disposition...

— Mais, monsieur le juge de paix, — fit observer le sous-officier, — cette petite est peut-être à jeun...

— Ah! — s'écria Gervaise, — je n'ai pas faim, je ne songe guère à manger, je vous assure... j'ai trop de chagrin...

— Je comprends cela très-bien... — répliqua M. Rivois, — mais si le besoin se faisait sentir un peu plus tard, comme c'est possible, il y a des provisions sur la table de la cuisine, et je t'autorise à en user... — Brigadier, amenez Andoche Ravier...

Andoche Ravier était un petit homme chétif, d'une cinquantaine d'années, tisserand de son métier, très-humble, très-timide, ayant élevé, non sans beaucoup de peine, une nombreuse famille, et jouissant d'une réputation d'honnêteté.

Il s'avança, ployant l'échine, le bonnet de coton à la main, et salua successivement le maire et le juge de paix avec les démonstrations du plus obséquieux respect.

— Bonjour, Andoche... bonjour, — lui dit M. Fauvel, — que savez-vous, mon brave?

— Sur l'assassinat, monsieur le maire, je suis plus ignorant que l'enfant à naître... — murmura le tisserand.

— Il est cependant hors de doute que vous avez quelque chose à nous apprendre, puisque le brigadier vous a fait comparaître devant nous, sur votre demande, en qualité de témoin...

— Bien sûr j'ai à témoigner... mais l'assassinat n'y est pour rien...

— Enfin, quoi que vous ayez à dire, parlez sans ambages, sans réticences, et n'abusez point de notre temps qui est précieux...

— Monsieur le maire, voici la chose... — balbutia le tisserand. — J'avais été livrer une pièce de toile hier soir à la ménagère de la ferme des Tilleuls... — On m'avait fait boire par politesse un pot de gros cidre... Je n'ai pas la tête bien solide, faute d'habitude, les jambes non plus ; je revenais tout doucement en trébuchant de temps en temps... — Cependant je n'étais pas ivre, ah ! non, par exemple... à peine ému...

« Neuf heures sonnaient à l'horloge de notre clocher juste comme j'arrivais à l'endroit où commence la clôture du parc de M. Domerat... — Il y a là, chacun sait ça, un vieux marronnier que mon grand-père a vu planter, et dont on ne trouverait peut-être pas le pareil dans tout l'arrondissement... Ses maîtresses

branches touchent le chaperon du mur et descendent
jusqu'au fossé de la route... C'est connu...

— Sapristi, père Andoche, arrivez donc au fait!!
— s'écria M. Fauvel que ces détails, oiseux selon lui,
énervaient outre mesure, — que nous importe ce
marronnier?

— Ça sera comme voudra monsieur le maire, —
répliqua le tisserand avec humilité. — Je suis ici pour
lui obéir... Mais, s'il faut passer le marronnier sous
silence, je n'ai plus rien à raconter...

M. Rivois jugea convenable d'intervenir, ainsi qu'il
l'avait déjà fait pendant la déposition de Gervaise...

— Continuez, père Andoche, -- fit-il, — ne vous
troublez point, et surtout n'oubliez rien... — L'arbre
joue un rôle dans votre récit, n'est-il pas vrai?

— Oui, monsieur le juge de paix, c'est bien ça!...
Du premier coup vous avez mis dans le cinq cents.
— Donc, voici la chose... — Munito aboyait du côté
du château... — Je m'arrêtai sous le marronnier...
il y faisait plus noir que dans le four de ma ménagère, et je me dis : — « Andoche, *mon ami, avant
un petit quart d'heure tu seras au logis... il te reste juste
le temps de griller une bonne pipe...* — Dame! ça
m'allait... — Je bourrai mon brûle-gueule, sauf vot'
respect, je tirai de ma poche une chimique, et j'allais
l'allumer quand j'entendis du bruit au-dessus de
ma tête...

— Ah! ah! — murmura le juge de paix. — Et quel
était ce bruit?...

— Dame, on *trifouillait* au milieu des feuilles
comme si deux douzaines de matous avaient joué au
chat perché dans le marronnier... — Les branches
pliaient et les rameaux secoués me fouettaient la
figure... « — *Sac à papier,* — que je me dis en mon à-
part, — *il y a du monde là-haut! Drôle d'idée tout de
même de se promener sur un arbre quand il ne fait pas
assez clair pour tant seulement pouvoir reconnaître sa
main droite de sa main gauche!* »

« Je n'avais pas fini ma réflexion que tout à coup
voilà la branche qui craque, et vlan! quelque chose
dégringole sur la route, si près de moi que ça me
frôle en tombant... — Je ne perds pas la boule... Je
fais craquer ma chimique contre mon ongle, le feu
prend et je me trouve nez à nez avec un particulier
qui lance un juron carabiné, tourne les talons, met
ses jambes à son cou et se sauve je ne sais où, comme
s'il avait le diable à ses trousses.

— Ainsi, — demanda vivement le juge de paix que
l'émotion prenait à la gorge, — ainsi vous avez vu cet
homme?...

— Comme je vous vois, mais pas longtemps.

— Le connaissez-vous?

— Oui et non.

— Que voulez-vous dire?

— Je le connais sans le connaître... — Je ne lui ai
jamais parlé, mais il a passé plus de dix fois devant
la fenêtre où je travaille à mon métier... — Enfin, je
mettrais ma main au feu que c'est un des farceurs de
la troupe qui est partie de Rocheville hier matin...

— Et, son nom !... savez-vous son nom ?...

— Ah ! ce n'est point un nom de chrétien !... —
Révérence, parler, monsieur le juge de paix, on
l'appelle Sidi-Coco...

M. Rivois ne put retenir une exclamation sourde.

— L'assassin !... — murmura-t-il, — l'assassin !...
c'est indiscutable !... ça saute aux yeux !... ah ! nous
le tenons !... il est impossible qu'il nous échappe !! —
le juge d'instruction peut maintenant arriver quand
il voudra !... il trouvera sa besogne faite et bien
faite !!

Il reprit tout haut :

— Et dites-moi, Andoche, en voyant cet homme
tomber de l'arbre et s'enfuir avec une épouvante manifeste, qu'avez-vous pensé ?...

— Dame !... ces gens de rien, ces saltimbanques,
c'est connu pour être des pas grand'chose, sans dis-
cernement de moralité, et très-amateurs du bien
d'autrui... — J'ai pensé que ce coco-là venait de
chaparder les poules ou les lapins de Jacques Landry...

— Et l'idée ne vous est pas venue d'aller donner
l'éveil au château ?...

— Si bien, elle m'en est venue, l'idée.

— Pourquoi ne lui avez-vous pas donné suite ?

— J'ai réfléchi. — Le coup était fait. — Ma bour-
geoise m'attendait chez nous... — Jacques Landry et
Mariette devaient être couchés... — J'avais bu du
gros cidre.—Mes jambes flageolaient pas mal... « *Une
gibelotte de plus ou de moins*, *c'est pas la mort d'un
homme*, — que je me suis dit, — *je préviendrai Jacques
demain matin pour qu'il se défie la nuit prochaine...* »
Et, ce matin, j'allais me mettre en route pour venir,
quand on a appris le malheur.

— Votre déposition est très-importante, père Andoche... — Allez, mais ne vous éloignez pas et, si
vous avez faim, mangez un morceau à la cuisine...

— Grand merci, monsieur le juge de paix... Ça
n'est point de refus, n'ayant encore rien mis aujour-
d'hui sous ma dent...

Andoche Ravier salua M. Fauvel et M. Rivois aussi
bas qu'au moment de son arrivée, et quitta la lingerie.

— Brigadier, — commanda le juge de paix, — in-
troduisez Jean Pauquet, le troisième témoin... —
Nous devons l'interroger, quoiqu'il ne puisse guère
nous apprendre quelque chose d'aussi capital que ce
que nous savons déjà...

Ce troisième témoin, valet de charrue à la ferme des Étiaux, était un jeune gaillard de vingt et un ans, bien bâti, taillé en force, ayant de sa personne une très-haute idée, se croyant beau parleur, grand coureur de guilledou, réalisant enfin le type si connu du coq de village.

Sa figure large et habituellement cramoisie s'empourprait davantage encore ce jour-là, tant était vive sa joie de jouer un rôle, — si petit que fût ce rôle, — dans une affaire dont tout le pays s'occuperait et *qui ferait parler de lui.*

— Monsieur le maire, monsieur le juge de paix, — fit-il en entrant avec une désinvolture étudiée, de l'effet le plus grotesque, — j'ai bien l'honneur d'être votre serviteur, de tout mon cœur... — Je suis Jean Pauquet... Jean Pauquet, des Étiaux... et je vais m'imposer le devoir sacré d'avoir l'avantage d'apprendre à la justice, en vos honorables personnes, tout ce que je connais sur l'affaire...

— A vous entendre parler ainsi, — fit M. Rivois, — on croirait que vous en savez long...

Jean Pauquet se rengorgea.

— Mais dame... mais dame... — répliqua-t-il. — Je sais-z-en effet pas mal de petites choses...

— Auriez-vous donc aussi rencontré Sidi-Coco ?...

Le valet de charrue prit un air à la fois surpris et dédaigneux.

5.

— Sidi-Coco ? — répéta-t-il, — qui ça, Sidi-Coco ?...
— le pitre ?... le *ventruloche* ?... jamais de la vie ! Ce n'est pas de lui qu'il s'agit...

M. Rivois regarda son troisième témoin avec stupeur.

Le digne juge de paix de s'attendait guère à la surprise foudroyante que lui réservait la déposition du coq de village.

X

— Vous prétendez qu'il ne s'agit point de Sidi-Coco ? — reprit le juge de paix après un silence.

— Ah ! mais, non...

— Et de qui donc ?

— Je vas vous dégoiser ça, mon magistrat, en deux temps et trois mouvements, comme disent les *caporals* instructeurs... — Pour lors, hier au soir, sur le coup de huit heures, huit heures un quart, j'étais à Rocheville, et je sortais de l'auberge de la *Pomme sans pépins* où je venais de prendre un café et même plusieurs, accompagnés des petits verres de rigueur...

— Les camarades avec qui que je rigolais faisaient les cent coups pour m'empêcher de partir... Chacun voulait payer une tournée, mais pas de ça, Lisette ! j'avais une chose de conséquence à régler auprès

d'une jeunesse du côté de la ferme de mon patron, et faut jamais faire attendre les personnes du sexe !!
— Je brûlai la politesse aux amis, et je pris d'un bon pas le chemin des Étiaux.

«A la hauteur de la dernière maison du village, il me sembla voir une grande figure noire arrêtée tout au beau milieu de la route... — Je m'imaginai que peut-être bien on voulait me faire quelque méchante farce, et comme je n'ai peur de rien, mais qu'il faut être prudent tout de même, je moulinai avec mon bâton, — un joli gourdin de bois de houx, — et je criai : — Si vous avez toutefois et quantes des intentions de mauvais drôle et coureur de nuit ou autre garnement en rupture de ban, passez votre chemin, je vous le conseille, ou je cogne, et, foi de Jean Pauquet, qui est mon nom, j'ai la poigne bigrement solide.

« Là-dessus la figure noire me répondit avec beaucoup de politesse :

« — Monsieur Jean Pauquet, je n'ai que de bonnes intentions... — Je suis un voyageur, et vous pouvez, sans qu'il vous en coûte rien, me rendre un service...

« Moi, je répliquai :

« — Si ça ne me coûte rien, ça pourra se faire tout de même... — Mais voyons d'abord de quoi il retourne...

« — D'un simple renseignement... — Le village que voilà est bien Rocheville ?

« — C'est certain...

« — Je sais qu'il existe à Rocheville une grande maison qu'on appelle le château... — Où est cette maison ?...

« — Pas bien loin d'ici... — Est-ce que vous y allez, au château ?

« — J'y vais...

« — Et, sans vous commander, d'où venez-vous si tard ?

« — De la station de Malaunay.

« — A pied ?...

« — Oui. — Ah ! la course est longue, mais aucune voiture ne se trouvait en correspondance avec le train qui m'amène de Paris... Je ne voulais point passer la nuit à Malaunay... j'ai pris mon parti en brave et j'ai entamé l'étape... un soldat ne s'effraye pas de quelques kilomètres.

« — Vous êtes soldat ?

« — Je suis officier...

« — Est-ce que Jacques Landry vous connaît, mon officier ?

« — Il ne m'a jamais vu, mais il m'attend.

« — Si c'est comme ça, nous ferons route ensemble. Nous allons justement du même côté, et je passe devant la grille du parc... — On n'y voit goutte... Je sonnerai pour vous.

« — Je profiterai de votre complaisance, mais à condition que vous accepterez...

« — Rien du tout.

« — Un cigare.

« — Oh ! ça, ce n'est pas de refus...

« L'officier tira de sa poche un étui qui sentait bon, et il me tendit un gros cigare qui devait coûter pour le moins dans les dix sous... — Je n'avais pas de chimiques, lui non plus, mais il fit craquer un morceau d'amadou fait exprès, il mit le feu à son cigare, et avec le reste de l'amadou j'allumai le mien... »

Le juge de paix interrompit Jean Pauquet.

— Avez-vous vu le visage de cet étranger ? — demanda-t-il.

— C'est tout au plus, — répondit le valet de charrue, — le feu de l'amadou n'éclaire pas beaucoup, vous savez... — j'ai vu seulement des cheveux frisés, blond filasse, et de longues moustaches de chat, couleur blé mûr, qui s'ébouriffaient jusqu'aux oreilles...

— Reconnaîtriez-vous l'officier ?

— Je ne sais pas si je le reconnaîtrais, mais pour sûr je reconnaîtrais ses moustaches...

— C'est bien... continuez...

— L'officier m'emboîta le pas, — nous allions rondement... — En moins de cinq minutes nous étions à la grille. — *Halte!* que je dis, *nous y sommes*... — J'allongeai le bras, je trouvai la chaîne de la cloche, et je sonnai : Drelin !... drelin !...

— Dans le trajet du village au parc, — demanda le juge de paix, — avez-vous rencontré quelqu'un ?

— Oui... une petite fille... une gamine haute comme une botte, mais je ne sais pas qui c'était.

— Au moment de cette rencontre, parliez-vous ?

— Il me semble me souvenir que l'officier venait de faire un faux pas et qu'il pestait contre le temps noir et contre les cailloux... Mais je n'en jurerais point !

— Je vous ai dit que j'avais sonné... Le dogue Munito répondit de loin en aboyant ferme, et au bout d'un moment le ci-devant matelot, qu'on entendait mais qu'on ne voyait pas, demanda : — Qui est là ?... dites votre nom, vous qui venez si tard !...

« — Êtes-vous Jacques Landry ? — fit mon compagnon de route.

« — En personne... — répliqua le régisseur.

« — Eh bien, mon brave Landry, ouvrez vite... Je suis le lieutenant Georges Pradel, le neveu de M. Domerat, et une lettre de mon cher oncle a dû vous prévenir de mon arrivée...»

Le maire et le juge de paix firent à la fois un geste de stupeur.

— Georges Pradel était au château cette nuit! —
s'écria **M.** Rivois ; — mais alors on a dû l'assassiner
aussi !

— Ce n'est que trop à craindre... — murmura Sidoine Fauvel en s'essuyant le front. — Un triple
meurtre ! et dans ma commune ! !

— Nous constaterons, s'il y a lieu, ce nouveau
crime aussitôt que Jean Pauquet aura complété sa
déposition... — reprit le juge de paix ; — qu'il la
termine donc, et qu'il se hâte...

— Dame ! j'ai tout dit, ou peu s'en faut, — répliqua le valet de ferme. — Jacques Landry, en entendant nommer le nom de son bourgeois, poussa un
juron de surprise, et aussi de contentement je suppose, et se dépêcha d'ouvrir la grille en s'excusant de
n'avoir pas grand'chose prêt, rapport à la lettre de
M. Domerat qui n'annonçait l'arrivée du lieutenant
que pour le lendemain... Le lieutenant répliqua que
n'ayant rien à faire à Paris, où il s'ennuyait, il était
parti un jour plus tôt. — Là-dessus il me dit un
grand merci, me donna une poignée de main,
comme un bon garçon, pour la peine de l'avoir
amené jusque-là, et il entra dans l'enclos avec Jacques Landry, pendant que de mon côté je filais bon
train à mon rendez-vous... — et voilà...

— Qu'est-ce que vous dites de ça, mon cher juge
de paix ? — demanda le maire.

— La présence de Georges Pradel au château nous explique les plats d'argent et le souper improvisé... — répondit M. Rivois. — Reprenons notre enquête, que je croyais tout à l'heure presque achevée, et qui va fatalement nous mettre en face d'une troisième victime !... — Brigadier, rappelez Gervaise... Elle connaît bien la maison et nous guidera dans nos recherches...

La petite fille, ramenée et interrogée, répondit que l'appartement particulier de M. Domerat et celui de sa nièce se trouvaient au premier étage.

Elle ajouta qu'il y avait, en outre, plusieurs belles pièces destinées à recevoir des amis, et que la plus belle s'appelait la Chambre rouge.

— C'est là certainement que Jacques Landry aura logé le neveu du maître... — dit M. Rivois. — Tu sais où est cette Chambre rouge, petite Gervaise ?

— Oh ! oui, monsieur le juge de paix.

— Conduis-nous.

On gagna le vestibule, on gravit les marches du grand escalier à rampes de fer forgé qui s'appuyait à la muraille, on pénétra dans un couloir assez large pour mériter le nom de galerie et divisant la maison en deux parties égales.

Ce couloir, éclairé seulement par le vestibule et par une grande baie percée sur les derrières du château, était un peu sombre.

Huit ou dix portes s'échelonnaient dans sa longueur.

Gervaise s'arrêta devant l'une d'elles, et dit :

— La Chambre rouge, c'est là !

— Brigadier, — commanda M. Fauvel d'une voix mal affermie, — ouvrez...

Le gendarme obéit.

La porte tourna sur ses gonds.

On s'attendait à un spectacle d'horreur et d'épouvante.

Un cadavre hideusement mutilé allait, — croyait-on, — frapper les regards. — Aussi la surprise fut grande quand on vit que rien de pareil n'attendait les visiteurs.

Les rayons du soleil, entrant à flots joyeux par deux larges fenêtres, illuminaient les boiseries grises et les draperies d'un rouge vif auxquelles la chambre devait son nom.

Tout était en bon ordre. — A coup sûr aucun drame sinistre ne venait de se jouer entre ces quatre murailles.

Et néanmoins, on n'en pouvait douter, Georges Pradel avait passé la nuit dans cette chambre.

Le lit était défait et ses matelas gardaient l'empreinte du corps qui les avait foulés.

Une bougie, consumée à demi, se voyait sur une petite table près du chevet, à côté d'un plateau suportant un verre, un sucrier, un carafon de rhum ntamé, et un autre objet suffisant à lui seul pour lémontrer la présence récente du jeune homme.

Cet objet n'était autre qu'un porte-cigares en cuir le Russie, monté en argent doré et timbré des deux nitiales G. P. entrelacées.

— Ah! — s'écria Jean Pauquet, — voilà bien l'étui que l'officier a tiré de sa poche hier au soir...

— Comment le reconnaissez-vous, puisqu'il faisait nuit ?... — demanda M. Rivois.

— Je le reconnais à la bonne odeur...

Le juge de paix fit jouer le ressort. — L'une des poches de l'élégant petit meuble contenait des cartes de visite et des lettres, — l'autre renfermait trois cazadores.

— Et je reconnais aussi les cigares... — ajouta le valet de ferme. — Jamais, au grand jamais, je n'en avais vu de pareils !... — J'en suis pour ce que j'ai déjà dit, ça doit coûter dans les dix sous, ces fumerons-là..

XI

Si l'ombre même d'un doute avait été possible, l'examen des cartes de visite et des enveloppes de lettres renfermées dans la seconde poche du porte-cigares aurait suffi pour la dissiper.

Cartes et lettres portaient le nom de Georges Pradel, lieutenant aux zouaves.

— Oui, le neveu de M. Domerat a couché dans ce lit, c'est indiscutable ! — murmura le juge de paix. — Mais où est-il?... qu'est-il devenu ?... — Qu'a-t-on fait de lui ? car il est impossible d'admettre qu'il ait, volontairement et au milieu de la nuit, quitté cette maison où il arrivait à peine.

— Peut-être, — hasarda Sidoine Fauvel, — l'a-t-on attiré dans quelque autre pièce pour l'assassiner...

— C'est invraisemblable, — répliqua M. Rivois, — le meurtrier pouvait frapper ici sa victime aussi facilement qu'ailleurs... — Remarquez en outre que Georges Pradel est sorti complétement vêtu de la chambre où nous sommes... Cet étui en cuir de Russie est la seule chose qu'il ait oubliée... Donc il avait eu le temps de se lever et de s'habiller à loisir...

— J'admets cela... — reprit le maire. — J'admets tout ce qu'il vous plaira que j'admette ; mais, ainsi que vous le demandiez vous-même il y a deux minutes, où est-il ?...

— Nous allons essayer de le savoir en visitant le château du haut en bas ; mais je ne sais quel pressentiment m'avertit que cette visite ne nous apprendra rien...

Les recherches commencèrent aussitôt.

On parcourut l'habitation depuis les caves jusqu'aux greniers. — Les moindres recoins furent explorés. — On ouvrit toutes les armoires, on fouilla tous les placards, tous les vieux meubles de grande dimension, dans lesquels on aurait pu cacher un cadavre.

Ce fut vainement.

Nulle part on ne trouva la moindre trace de Georges Pradel.

Le jeune homme semblait s'être évaporé comme

une apparition fantastique, laissant le juge de paix et le maire en face d'une énigme.

— Ces ténèbres inouïes, cet incompréhensible mystère me troublent et m'épouvantent, — balbutia M. Rivois. — C'est à douter de sa raison... — On croit marcher en plein mauvais rêve...

Sidoine Fauvel ne répondit pas et s'essuya le front pour la dixième fois.

Le cauchemar qui l'obsédait prenait des proportions navrantes, et de petits frissons d'angoisse glissaient sur son épiderme.

Il nous paraît presque inutile de constater que les investigations accomplies dans le château avaient pris beaucoup de temps.

Une heure après-midi sonnait à la pendule de Boule du salon, au moment où nos personnages se retrouvèrent dans l'immense vestibule dont la porte vitrée s'ouvrait sur le parc.

A cette minute précise il se fit un grand mouvement dans l'allée des pommiers.

Une voiture franchissait la grille et s'avançait très-vite.

— C'est le juge d'instruction ! — fit M. Fauvel; — il a manqué l'express de onze heures et pris le train omnibus de onze heures quarante-cinq... — Il était à Malaunay à midi quatre... — Quand je disais que Pomponnette, la bonne bête, ferait le trajet en cin-

quante minutes ! ! — Trouvez donc sa pareille dans
le canton, et même dans l'arrondissement ! ! — Non,
voyez-vous, cette jument-là, je ne la donnerais pas
pour cent cinquante louis ! — Regardez-la lever les
pattes !...

Tout en disant ce qui précède, le magistrat municipal installait son binocle sur son nez et se mettait
en mesure de savourer l'allure de sa jument ; mais
soudain son front se plissa et un juron très-nette-
ment articulé s'échappa de ses lèvres.

— Tonnerre du diable ! — s'écria-t-il. — Qu'est-ce
que je vois ! !... — Ils sont toute une bande dans le
tilbury, qui naturellement n'est qu'à deux places ! !
— Ce misérable Jean-Marie a perdu la tête ! !... —
Un pareil poids faussera les ressorts et, qui pis est,
Pomponnette sera fourbue !... — Gredin de Jean-
Marie ! ! Butor !... pendard ! tu me payeras ça ! !

Cependant Pomponnette, sans paraître s'apercevoir du supplément de poids qu'on lui imposait, filait
sous les pommiers avec une vélocité merveilleuse, et
bientôt il fut posssible de se rendre compte du char-
gement de la légère voiture.

Deux hommes occupaient la banquette.

Un troisième s'accrochait de son mieux derrière la
caisse, dans la position la plus incommode, et courait le risque sérieux d'être précipité sur le sol à
chaque secousse du véhicule.

. Enfin Jean-Marie, le groom villageois, était installé tant bien que mal sur un des brancards, et c'est de là qu'il tenait les guides.

Le tilbury fit halte devant le perron.

M. Fauvel, forcé de s'avouer à lui-même que le moment était inopportun pour exprimer son mécontentement, ne dit mot ; mais il lança à son jeune domestique un regard furibond que ce dernier comprit, car il murmura :

— Ah ! dame ! ce n'est pas de ma faute ! Quand ils ont su par le gendarme que la carriole attendait M. le juge, ils ne m'ont point demandé la permission pour monter tous les trois...

Le juge d'instruction, délégué par le parquet de Rouen, mit pied à terre le premier.

C'était un homme de quarante ou quarante-cinq ans, grand, maigre, grisonnant déjà, fort aimable dans la vie privée, très-enthousiaste dans l'exercice de ses fonctions, quelque peu emphatique, intelligent d'ailleurs, myope et décoré.

Il s'appelait Paul Abadie, avait de la fortune, demeurait célibataire par vocation et nourrissait une idée fixe, celle d'être appelé pour les mêmes fonctions au parquet de Paris.

Son compagnon pouvait avoir trente-six ans, mais paraissait plus jeune.

Il était de taille moyenne, très-mince, simplement mais proprement vêtu.

Son apparence, en somme, n'avait rien de remarquable et devait même passer pour un peu vulgaire.

La pâleur mate de son visage, rasé de si près que le contour des joues et ceux du menton offraient des tons bleuâtres, lui donnait l'apparence d'un de ces comédiens de province en quête d'engagement, qu'à certaines époques on voit apparaître sur les boulevards, faisant de longues séances au café des Variétés et d'interminables promenades dans le jardin du Palais-Royal.

Ses cheveux d'un noir brutal, à peine mélangés de quelques fils d'argent et coupés en brosse, dessinaient nettement cinq pointes sur son front très-bombé.

Il portait un pince-nez d'écaille, suspendu à son cou par un mince cordonnet de soie.

On pouvait, — nous dirons presque qu'on devait se trouver vingt fois de suite à côté de ce petit homme sans lui accorder la moindre attention.

Le troisième personnage, — celui qui, les pieds posés sur les ressorts, s'accrochait des deux mains à la caisse du tilbury, — était le greffier, c'est-à-dire un véritable comparse, une machine à écrire, dont nous n'avons point à nous occuper.

Le juge d'instruction connaissait M. Rivois qui,

6

nous le savons, avait été avocat à Rouen avant d'être juge de paix à Rocheville.

Il lui serra la main en l'appelant *mon cher maître*, et le pria de le présenter à M. Fauvel, ce qui fut fait séance tenante.

Le petit homme au pince-nez avait sur les lèvres un bon sourire plein de candeur et saluait à droite et à gauche.

— Et maintenant, — dit le juge d'instruction, — allons droit au fait... — La dépêche de M. le Maire m'a appris, et le gendarme envoyé à Malaunay m'a confirmé, que nous nous trouvons en face d'un double assassinat.

— Suivi d'une inexplicable disparition... — ajouta M. Rivois.

— Affaire étrange, alors ? obscure ? mystérieuse ?...

— Tout ce qu'il y a au monde de plus étrange, de plus obscur et de plus mystérieux...

— Vous avez fait, sans aucun doute, une enquête préliminaire ?...

— Nous nous en occupons depuis ce matin.

— Etes-vous, ou du moins pensez-vous être sur la trace du ou des coupables ?

— Je le pensais il y a deux heures... l'assassin me semblait trouvé. — Mais cette incompréhensible disparition bouleverse mes idées... — Je ne sais plus que croire ! !

— Nous allons faire en sorte de porter la lumière au milieu des ténèbres, — répliqua le juge d'instruction.

— Ce sera difficile...

— Soit ; mais nous aurons pour mener à bien cette tâche un collaborateur précieux.

— Qui donc ?

— Monsieur, que voilà.

Le juge d'instruction, en disant ces mots, désignait le petit homme au pince-nez.

Sidoine Fauvel et le juge de paix regardèrent curieusement cet inconnu.

Il les salua l'un après l'autre avec une humilité très-grande.

Le juge d'instruction reprit :

— Monsieur est une célébrité, il a sa légende populaire ! — Vous avez lu son nom cent fois dans la *Gazette des Tribunaux*, lorsqu'un beau drame judiciaire bien compliqué, bien touffu, bien inextricable, passionne la curiosité publique. — Il est tout à la fois l'œil et le bras droit de la justice. — En vain le criminel multiplie les détours, accumule les ruses et croit cacher sa trace. — Monsieur est l'infaillible limier qui le traque, le débusque et le jette, démasqué et tremblant, sur la sellette de la cour d'assises... — Messieurs, je vous présente Jobin... Jobin de la sûreté.

XII

Le maire de Rocheville ne lisait jamais que le *Fanal de la Seine-Inférieure*, journal de Rouen.

Le nom prononcé par le juge d'instruction le laissa donc impassible.

M. Rivois, beaucoup plus au courant, et abonné de seconde main à la *Gazette des Tribunaux*, tressaillit.

— Quoi — s'écria-t-il — monsieur est ce Jobin dont l'*affaire Worms* a commencé la réputation et qui s'est illustré depuis par l'arrestation du baron de Croix-Dieu?...

— Lui-même.

— Eh bien! monsieur Jobin, je suis, n'en doutez pas, très-heureux de vous voir!... — Les hommes

tels que vous sont rares!... Soldats de la justice et
de la loi, il leur faut de mâles vertus, la sagacité,
l'énergie, le courage et le dévouement! — Héros
d'une profession méconnue, chaque jour et sans
hésiter ils jouent leur vie contre l'ennemi commun!
On ne saurait trop les honorer!! Permettez-moi de
vous serrer la main.

— C'est un grand honneur pour moi, monsieur le
juge de paix... — murmura le policier, en devenant
rouge de plaisir et en répondant à la pression cha-
leureuse de M. Rivois par une pression non moins
cordiale.

Le juge d'instruction reprit :

— Envoyé à Rouen, hier au soir, par la préfecture,
pour y débrouiller une énigme indéchiffrable en apparence, et dont en moins d'une heure il a trouvé le
mot, Jobin était dans mon cabinet quand la dépêche
de M. le maire m'est parvenue... — Rien d'urgent ne
le rappelait à Paris où on ne l'attend que dans deux
jours... — Il s'est mis à ma disposition et, si véritablement l'affaire est obscure, il saura bien y voir
clair malgré tout! — Nous allons visiter le théâtre
du crime, vous me mettrez ensuite au courant de
votre enquête, et je procéderai à l'interrogatoire des
témoins que vous avez entendus déjà... — Y a-t-il
un médecin à Rocheville?

— Oui, — répondit le maire, — un jeune médecin

6.

qui a fait ses études à Paris, le docteur Grenier...

— Envoyez-le chercher, je vous prie !

Tandis que le brigadier de gendarmerie court chercher le docteur et que M. Fauvel et le juge de paix conduisent le magistrat, l'agent de police et le greffier à ce couloir sinistre et à cette chambre dévastée où gisent, si près l'un de l'autre, le cadavre de Mariette et celui de son père, nous allons dire quelques mots de l'acteur nouveau et très-important introduit dans notre drame.

Ce n'est pas la première fois que nous mettons en scène Jobin, l'illustre policier.

Dans un autre récit, nous avons raconté les débuts de l'heureux rival de *Monsieur Lecoq* et du *Père Tabaret*, surnommé *Tire-au-Clair*, ces types copiés sur le vif et étudiés avec un talent si magistral et si pittoresque par le regretté Gaboriau.

Mais comme nous n'osons espérer que les lecteurs du *Ventriloque* connaissent tous les *Tragédies de Paris*, il nous paraît utile et même indispensable de tracer ici sommairement la biographie de notre personnage.

Pamphile-Timothée Jobin, âgé de trente-six ans en 1874, était le fils unique d'un négociant en denrées coloniales, — autrement dit épicier, — qui possédait, rue des Deux-Portes-Saint-Sauveur, un magasin fort bien achalandé.

Cet honnête commerçant, veuf après deux années
e mariage, et sinon riche du moins à son aise,
vait l'ambition légitime de faire de son fils un
ersonnage.

Or, aucune carrière libérale ne lui semblant plus
elle et plus brillante que celle du barreau, il avait
écidé que Pamphile serait avocat.

La conséquence de cette ambition paternelle fut
ue le jeune garçon suivit comme externe les cours
u collége Louis-le-Grand ; mais, paresseux comme
ne marmotte, il faisait profession du plus profond
épris à l'endroit des versions latines et des thèmes
recs et il consacrait le temps des classes à dévorer
us les romans, bons ou mauvais, fournis par le
us proche cabinet de lecture et introduits clandes-
nement.

Son ignorance, naturellement, restait complète,
ais il se bourrait l'imagination d'une foule d'inci-
nts romanesques, ingénieux quelquefois, le plus
uvent absurdes.

Parmi les innombrables volumes dont il s'assimi-
it le contenu avec acharnement, Pamphile préférait,
 de beaucoup, ceux qui l'initiaient ou du moins
aient la prétention de l'initier aux mystères de
us les mondes parisiens.

Nourri dans la cassonade, la chandelle des six, le
von de Marseille et les pruneaux de Tours, le petit

Jobin, — chose étrange, — nourrissait des aspirations folles vers la vie à outrance, — la rive gauche du lac, — les chevaux à cocardes rouges, — les cabinets particuliers des cabarets célèbres, — les cocottes de *high-life*, — les soupers du *grand seize*, — les lansquenets corsés, les duels, les courses, etc...

A d'autres heures il rêvait la vie d'artiste, l'existence des journalistes et des écrivains, telle que Balzac l'a décrite dans son étude un peu fantaisiste : *Un grand homme de province à Paris.*

Il se la figurait bruyante, échevelée, joyeuse, consacrée au plaisir beaucoup plus qu'au travail, émaillée de rouleaux d'or conquis en quelques minutes de travail amusant, diaprée de parties fines avec des comédiennes, et de bonnes fortunes avec des femmes du monde en rupture de contrat.

Et dans ces moments-là *Lucien de Rubempré* devenait son héros, son dieu, son idole.

Puis d'autres mirages plus sombres, mais non moins séduisants, succédaient à ces mirages.

Pamphile Jobin rêvait les mystères étranges et sinistres que Paris cache dans ses *dessous*, et nul bonheur ne lui semblait comparable à celui de jouer le rôle du *Prince Rodolphe* parmi les chourineurs, les Goualeuses et les Rigolettes.

Avons-nous besoin d'ajouter que, tout entier à ses romans et à ses mirages, Pamphile-Timothée Jobin

'avançait pas, doublait ses classes et passait à bon
roit pour un cancre?

Les plus vertes semonces de ses professeurs le
lissaient impassible. — Ses camarades se moquaient
e lui. — Il haussait les épaules et n'en faisait ni
lus ni moins.

Sur ces entrefaites, le père Jobin mourut pres-
ue subitement, emporté par une fluxion de poi-
rine.

Pamphile, âgé de dix-neuf ans et quelques mois,
lérita de la boutique d'épicerie et d'une somme de
ent soixante-dix mille francs solidement placée en
entes sur l'État.

Le fonds de commerce, qu'il ne songeait point à
onserver, fut vendu trente mille francs.

Un conseil de famille, — dont tous les membres
lésiraient éviter les embarras que cause toujours
ıne tutelle prise au sérieux, — émancipa Jobin.

Le jeune homme se trouva donc du jour au lende-
nain à la tête de dix mille livres de rente.

Il pouvait vivre heureux et tranquille au sein de
ette oisiveté qu'il aimait tant. — Il le pouvait, mais
l ne le voulut pas, et à peine en possession d'une
olie liasse de billets de banque, il entreprit de réaliser ses rêves et voulut devenir un viveur.

Il s'installa dans un entresol d'un *quartier chic*. —
Il eut des chevaux, des domestiques, quelques amis,

un tailleur à la mode, et plusieurs maîtresses non moins à la mode que le tailleur.

Bref, les deux cent mille francs durèrent deux ans et demi.

Quand il eut dépensé son dernier sou Jobin, qui était honnête, ne tenta point d'allonger la courroie en ayant recours au crédit qu'on ne refuse jamais à quiconque vient de dépenser un peu d'argent comptant.

Au lieu de faire des dettes il vendit ses meubles, réalisa deux ou trois mille francs, s'installa dans une chambre peu garnie d'hôtel garni et se demanda sérieusement comment et de quoi il pourrait vivre désormais.

Après mûres réflexions il décida que, n'étant bon à quoi que ce soit, il allait se faire écrivain et, grâce à une bouteille d'encre et à quelques plumes de fer, métamorphoser en billets de banque une rame de papier écolier.

Sans plus tarder il se mit à la besogne.

Au bout de trois mois il avait noirci bon nombre de pages et il se flattait d'être le père d'un drame et d'un roman.

Le roman portait ce titre de haut goût : *Les Hirondelles du pont d'Arcole*, et les duchesses du faubourg Saint-Germain y coudoyaient les rôdeurs de barrières dans une intrigue vigoureuse où fourmillaient les empoisonnements, les adultères, les coups de poignard et les infanticides.

Le drame, lui, s'appelait : *Le Nouveau comte de Sainte-Hélène*, et l'étiquette est suffisante pour en indiquer le sujet.

— Dans six mois je serai riche et célèbre ! — se dit Jobin en attachant ses deux manuscrits avec de belles faveurs roses.

Le lendemain il se mettait en course pour en opérer le placement, et se heurtait lamentablement à toute une effroyable série de déceptions et de déboires.

Il n'avait pas l'ombre de talent, c'est vrai, mais on le condamnait sans l'entendre. — On le repoussait sans examen. — Ni dans les journaux, ni dans les théâtres, on ne consentait à dénouer les faveurs roses et à jeter les yeux sur sa prose.

Les jours se succédaient et se ressemblaient.

Les derniers écus s'envolaient.

Jobin allait se trouver à la fois sans ressources et sans espérance. — Tout à coup la malechance parut conjurée.

Le propriétaire famélique d'un petit journal aux abois, ne pouvant plus trouver de copie, lut *Les Hirondelles du pont d'Arcole* et, séduit par les crimes bien noirs dont chaque page était amplement truffée, promit de publier le roman et de le payer un sou la ligne. — Une fortune pour Jobin !

D'un autre côté, le directeur du théâtre Montparnasse accueillit le drame.

— L'ancien *Comte de Sainte-Hélène* a fait de l'argent, — se disait-il, — le *Nouveau comte de Sainte-Hélène* en fera peut-être.

Jobin reçut des épreuves du journal, — il se vit imprimé !... — En même temps les répétitions commencèrent.

Le jeune homme rayonnait.

— Mes débuts seront modestes, — pensait-il, — mais qu'importe ?... Ils prouveront mon existence !... Ils affirmeront ma valeur...

Hélas !... — Un marchand de papier brutal dont les factures étaient rarement soldées refusa de livrer sa marchandise. — Le journal cessa de paraître...

Le drame, lui, fut joué, mais ne vécut qu'un soir... et même il faillit ne point finir... — Jamais, de mémoire d'homme, on n'avait tant sifflé !...

XIII

Le directeur du théâtre Montparnasse, brave
homme qui, pendant les répétitions du malheureux
drame, s'était pris pour son auteur d'une vive sym-
pathie, le vit si désespéré, si sombre et si pâle, qu'il
eut pitié de lui et qu'il entreprit de lui remonter le
moral.

— Allons, — lui dit-il, — un peu de courage, que
diable !... Ce qui vous arrive ce soir peut arriver à
tout le monde... — On a fort bien sifflé M. Scribe,
qui cependant était un rude lapin ; on a même sifflé
Alexandre Dumas... — Vous composerez une autre
pièce...

Jobin secoua la tête.

— Ah bah ! — reprit le directeur, — on jette le
manche après la cognée dans le premier moment, et

7

puis en&suite on ramasse l'outil. — Croyez-moi, vous prendrez votre revanche.

— Non, car je ne le mérite pas ! — Je viens de recevoir une dure leçon, mais je ne m'en plains point, car je sens qu'elle est juste... — L'orgueil absurde m'aveuglait... — Je n'ai aucun talent... je n'en aurai jamais... J'abandonne une lutte où je serais toujours vaincu.

— Vous avez un métier ?

— Pas le moindre...

— Et de l'argent ?

— Deux pièces de cent sous dans ma poche.

— Avec dix francs on ne va pas loin... — Quels sont vos projets ?

— Oh ! ils sont bien simples... — Le premier brocanteur venu me vendra pour dix francs un vieux pistolet rouillé... — Je rentrerai dans ma mansarde... — J'écrirai quatre lignes au commissaire de police de mon quartier afin qu'on n'accuse personne de ma mort, puis je me brûlerai la cervelle, ce qui donnera au roman mal combiné de ma vie un dénoûment facile et rapide...

— Malheureux !! — s'écria le directeur très-ému, — un suicide !! à votre âge !! Vous n'y pensez pas !!

Jobin sourit.

— C'est justement à cause de mon âge que je pense à me tuer !... — répliqua-t-il. — Si j'étais vieux ce ne

serait vraiment pas la peine. J'ai de longues années
à vivre et je suis incapable de gagner ma vie !! — Or,
je ne veux ni mendier ni voler ! — Concluez !...

— La situation est difficile, j'en conviens ; mais,
avant de vous faire sauter le caisson, essayez au
moins quelque chose.

— Que diable voulez-vous que j'essaye ?..,

— Tâtez un peu de l'état militaire... engagez-
vous... C'est un bel état...

— Ça se chante dans la *Dame blanche!*... — J'ai du
sang dans les veines... — Je m'engagerais de grand
cœur en cas de guerre... mais nous avons la paix...
— Or, la vocation de la corvée et du pansage me fait
absolument défaut...

— Vous aimez le théâtre !... — Jouez la comédie...

— Je serais exécrable!

— Qui sait?

— Oh ! j'en suis sûr... Et d'ailleurs, que je sois bon
ou que je sois mauvais, peu importe... — Dans l'un
comme dans l'autre cas, personne ne m'engagerait.

— C'est ce qui vous trompe, morbleu !

— Ah bah !

— Je vous engagerai si vous voulez, moi qui vous
parle...

— Vous, cher directeur ?

— Moi-même, sacrebleu !... — Ah! je ne vous
payerai pas bien cher... surtout dans les commence-

ments... — Les recettes sont anémiques... vous le savez de reste !... Enfin, je pourrais vous offrir une soixantaine de francs par mois... — quarante sous par jour ! — C'est loin d'être le Pérou, mais, en somme, avec cela on ne meurt pas tout à fait de faim... — Allons-y carrément ! je vous les offre... — Ça vous va-t-il?...

— Vous faites une mauvaise affaire, mais tant pis pour vous, j'accepte...

— Touchez là !... C'est conclu... — Vous voilà mon pensionnaire...

Huit jours après, Jobin débutait sous un pseudonyme qu'il ne devait point illustrer.

Il avait deviné qu'il serait exécrable...

Il fut pis que cela, il fut nul.

Sans originalité, sans relief, quel que fût le personnage qu'il représentait il lui donnait une physionomie terne, effacée, banale.

Et cependant, chose inexplicable, il possédait au plus haut point, par une sorte d'intuition, le grand art de se grimer, ou, — comme on dit au théâtre — de se *faire une tête.*

Rapidement, merveilleusement, avec du blanc, du rouge et quelques crayons de couleur, il modifiait sa physionomie. — Parfois il s'amusait à copier le visage de l'un de ses camarades, et telle était l'exactitude de la copie qu'au moment où il entrait en scène le public le prenait pour l'acteur dont il se faisait le sosie.

Il savait en outre compléter ses imitations en reproduisant la voix comme il avait déjà reproduit le visage. — Les frères Lionnet et Alexandre Michel n'obtenaient pas de résultats plus complets.

C'était assurément un mérite, mais Jobin n'avait que celui-là.

Si la direction lui distribuait un personnage d'octogénaire, il se faisait une admirable tête de vieillard mais il jouait le rôle en jeune homme.

Enfin, quoi qu'il en fût, dans son honnête et consciencieuse nullité, il se rendait utile.

Grâce à sa prodigieuse mémoire, il apprenait cinq cents lignes en deux jours et remplaçait presque au pied levé les artistes pris d'une extinction de voix soudaine.

La libéralité de son directeur avait porté ses appointements mensuels au chiffre de cent francs. — Il vivait ou plutôt végétait sans se trouver à plaindre et dévorait avidement, comme aux jours de sa première jeunesse, tous les livres nouveaux.

On n'a point oublié qu'à cette époque le *roman judiciaire* apparut dans la littérature avec un immense succès.

Des plumes émouvantes racontant avec art les

multiples péripéties des drames de cour d'assises, passionnèrent le public un peu blasé.

Naturellement le héros de ces récits habiles où l'intérêt poignant grandissait à chaque ligne et — (qu'on nous passe cette expression) — prenait le lecteur à la gorge, fut *l'agent de police* suivant sa piste sans hésiter dans le labyrinthe d'une trame sombre et compliquée, démasquant le coupable malgré ses ruses diaboliques et sauvant « l'innocent » que de fausses apparences désignent à la vindicte des lois.

Nous posons ceci en principe, — et nous défions qu'on nous contredise de bonne foi : — Les gredins seuls exècrent la police. — Ils la calomnient, et c'est fort simple; ils en ont peur.

Il est bien entendu que nous parlons de la police telle qu'elle existe aujourd'hui. Jadis, quand ses agents se recrutaient parmi les repris de justice, elle était utile sans doute, mais absolument méprisable.

Ni Vidocq, ce gredin d'une incontestable habileté, ni Vautrin, ce géant du bagne que la plume de Balzac a démesurément grandi, ne seraient possibles à notre époque.

Jobin, — non sans raison, — considéra les héros de la police contemporaine comme des incarnations vivantes et palpables de la Providence, et il s'enthousiasma pour eux.

Il se dit que ces hommes intelligents et infatigables

consacrent un courage hors ligne et des facultés de premier ordre à défendre la sainte cause de la vérité et de la justice et, prenant toutes les formes pour braver tous les périls, jouent avec une abnégation sublime un rôle obscur et magnifique à la fois.

Il fut séduit d'une façon irrésistible par les côtés bizarres et romanesques de ces existences pleines de luttes terribles et de tragiques aventures.

Il lui sembla sentir en lui-même les aptitudes qui font les grands policiers et, après de longues réflexions, il alla résolûment trouver le chef de la sûreté pour lui exposer ses désirs et lui proposer ses services.

Jobin paraissait convaincu — et véritablement on ne pouvait l'être plus que lui.

Une enquête à son sujet fut ordonnée.

Cette enquête démontra que le passé du jeune homme était irréprochable au point de vue de la moralité, et qu'en ses plus absurdes folies il n'avait causé de tort qu'à lui-même.

L'autorisation de faire ses preuves lui fut donc accordée. — Il déploya dans les premières affaires dont il s'occupa une brillante intelligence, un grand zèle, une infatigable activité.

L'estime de ses supérieurs et les sympathies du parquet lui furent tout d'abord acquises.

Ses collègues de la Préfecture le regardaient comme un garçon d'avenir.

Bref, il avait trouvé sa voie, mais il était encore obscur et il rêvait la célébrité.

De tous ses vœux il appelait une de ces affaires étranges, indéchiffrables, sortes de logogriphes judiciaires où tout le monde s'égare, sauf l'*agent* que sa bonne étoile et son instinct servent à propos, et qui trouve moyen de saisir au milieu des ténèbres l'extrémité du fil d'Ariane.

Il suffit d'une affaire de cette nature pour placer un homme au premier rang.

L'assassinat du baron Worms, le riche banquier prussien du boulevard Malesherbes, fut pour Jobin l'affaire ardemment souhaitée qui devait le mettre en évidence.

Elle est compliquée, cette affaire, et trop touffue pour qu'il nous soit possible de l'analyser ici, et si nos lecteurs d'aujourd'hui sont desireux de la connaître, nous les renvoyons au récit que nous en avons fait ailleurs (1).

Depuis cette époque déjà reculée, la réputation de Jobin, loin de s'amoindrir, comme tant d'autres, alla sans cesse grandissant.

Ainsi que nous avons entendu le juge d'instruction

(1) *Les Tragédies de Paris.*

de Rouen le dire au maire et au juge de paix, l'agent parisien avait sa légende...

L'introduction de Jobin dans une enquête était un gage assuré de succès.

Un prochain avenir nous apprendra si le crime du château de Rocheville, l'assassinat étrange et sans mobile connu de Mariette et de son père, et la mystérieuse disparition du lieutenant Georges Pradel, allaient ajouter un fleuron à la couronne du policier.

XIV

Le cadavre de Mariette et celui de Jacques Landry
avaient été relevés par les ordres du juge d'instruction et par les soins de Jobin, et étendus dans la lingerie sur deux matelas.

Un grand drap blanc les recouvrait, dessinant
d'une façon lugubre leurs formes rigides.

Le brigadier reparut.

— Comment, vous êtes seul? — s'écria Sidoine
Fauvel.

— Oui, monsieur le maire, — répondit le gendarme ; — le docteur Grenier est parti dès le matin
sur son bidet pour visiter des clients dans les campagnes...

— C'est très-fâcheux... — fit le juge d'instruction.

— On doit savoir à quelle heure le père et la fille

avaient l'habitude de prendre leur repas du soir, et·
l'autopsie nous fixerait d'une manière presque positive sur le moment de l'assassinat.

— Mais le docteur peut revenir chez lui d'un moment à l'autre, — reprit le brigadier ; — sa gouver-
nante est prévenue... — Sitôt qu'il rentrera à Rocheville, elle l'enverra se mettre aux ordres de M. le
juge d'instruction...

— A la bonne heure ! Et maintenant nous allons
procéder à l'interrogatoire des témoins.

— Je tiendrais beaucoup à y assistér... — dit
Jobin.

— Vous y assisterez... cela va de soi.

— C'est qu'alors il me faudrait prier monsieur le
juge d'instruction de vouloir bien retarder cet interrogatoire de quelques minutes.

— Pouquoi ça?

— Pour me donner le temps d'opérer une constatation indispensable.

— Vous avez carte blanche... — Faites... nous at-
tendrons...

L'agent de la sûreté salua le magistrat puis, s'a-
dressant à Sidoine Fauvel et à M. Rivois :

— Quand monsieur le maire et monsieur le juge
de paix sont arrivés au château, — demanda-t-il, —
ils ont trouvé les portes closes?...

— Si bien closes, — répondit M. Fauvel, que sans

l'assistance du serrurier que j'avais requis, nous n'aurions pu franchir le seuil de la maison... — La clef du vestibule était accrochée à un clou derrière la porte... elle doit même y être encore.

Jobin entra dans la chambre de Jacques Landry.

Nous savons déjà que cette pièce avait une issue sur le jardin, à peu de distance de la basse-cour.

Le policier s'approcha de cette issue, tira de sa poche un crochet d'acier à manche d'ébène, l'introduisit dans la serrure et du premier coup fit jouer le pêne.

La porte s'ouvrit.

— Un simple tour et point de clef, — murmurat-il ; — c'est par là que l'assassin s'est en allé tranquille comme Baptiste, après le crime commis.

Il examina ensuite longuement, minutieusement, les placards éventrés et les bahuts défoncés à coups de hache. — Il fouilla les objets de toute nature arrachés de ces armoires et de ces meubles, et épars sur le plancher.

Il cherchait au milieu de ce fouillis l'un de ces indices que bien souvent le meurtrier laisse derrière lui, sans s'en douter, sur le théâtre de son crime, et qui le dénoncent et le livrent au moment précis où il se croit à l'abri de tout péril.

Le policier tournait et retournait fiévreusement les vêtements, le linge et les quelques livres jetés pêle-

ıêle avec de petits sacs étiquetés contenant des
raines de fleurs.

Il ne trouva rien d'abord, mais tout à coup il
oussa une exclamation sourde qui fit tressaillir les
ımoins de ses investigations.

Deux disques ronds et brillants venaient de s'é-
happer des plis d'une vieille vareuse de matelot et
ʻulaient jusqu'à l'extrémité de la chambre.

— Qu'est-ce que cela? — demanda vivement le
ıge d'instruction.

Le policier ramassa les disques de métal et les lui
résenta en disant :

— C'est de l'or...

— Et de l'or étranger... — fit le magistrat.

— Un quadruple espagnol et une guinée anglaise...
- reprit Jobin. — Il devait y en avoir ici beaucoup
'autres... Ces deux pièces auront glissé pendant
ne le meurtrier remplissait ses poches... — Donc
: vol était certainement le mobile de l'assassinat...
- Cela me paraît incontestable, et c'est bon à savoir...

— Comment Jacques Landry, simple salarié, pos-
ʻdait-il une grosse somme?...

— Ah! cela, je l'ignore; mais le propriétaire du
hâteau doit le savoir et nous le dira sans doute.

— Soit; mais comment le meurtrier était-il au fait
e la présence d'une somme importante dans cette
hambre?

— Si nous pouvions le deviner nous saurions qui a fait le coup, et nous tiendrions l'homme avant ce soir... — La nature de ces monnaies m'intrigue, — ajouta le policier; —Les quadruples et les guinées n'ont pas cours en France. — Par quel hasard ceux-là se trouvaient-ils ici?

— Il n'y a là rien d'étonnant, — fit observer le juge de paix. — M. Domerat est un des riches armateurs du Havre... — Il reçoit en payement beaucoup d'or étranger.

— Cela se comprend, — répliqua Jobin, — mais à coup sûr il ne donnait point cet or à son régisseur, qui n'aurait pu s'en servir pour solder les dépenses courantes. — Soyez convaincu que cette guinée et ce quadruple étaient une parcelle d'un dépôt confié par le maître au malheureux Landry...

— C'est possible et c'est même probable, — dit le juge d'instruction.

— L'assassin connaissait l'existence du dépôt, — continua le policier, — mais il ne connaissait point la cachette... — Pour la découvrir, il s'est livré aux actes de dévastation dont vous voyez les traces... — Il aurait entrepris au besoin de démolir le château tout entier... — Monsieur le juge d'instruction veut-il la preuve de ce que j'avance?... il n'a qu'à me suivre...

Jobin, tout en parlant, traversa le couloir qui sé-

parait la chambre de Landry de celle de Mariette, et
pénétra dans cette dernière pièce, admirablement tenue et meublée presque avec élégance.

— Voyez, — poursuivit-il, — sauf le lit défait et
les vêtements de la pauvre fille jetés sur une chaise,
tout est en ordre, — l'armoire et la commode sont
intactes. — Il est clair comme le jour que le meurtrier n'a pas même pris la peine de franchir le seuil
de cette pièce. — A quoi bon?... — Il avait trouvé
ce qu'il cherchait. — Il ne lui restait rien à faire, sinon à disparaître au plus vite avec son butin... —
Il est d'ailleurs infailliblement perdu s'il n'a point la
prudence de mettre au creuset le fruit de son vol et
de le métamorphoser en lingots...— Or, je parierais
cent contre un qu'il n'y pensera même pas, à moins
qu'il ne soit un bandit émérite, un « cheval de retour » bronzé au feu du bagne... — Il tentera tout
bêtement de changer sa monnaie, et se prendra lui-
même au traquenard que nous allons tendre.

— Ainsi, Jobin, vous êtes content? — demanda le
juge d'instruction.

— Assurément, car je rencontre un indice dès les
premiers pas, ce qui est d'un heureux augure...

— Avez-vous d'autres recherches à faire?

— Immédiatement, non.

— Je vais donc procéder aux interrogatoires...

Le juge de paix ayant donné des instructions sommaires au brigadier de gendarmerie, ce dernier avait disposé au milieu du vestibule la lourde table carrée aux pieds tordus, et placé derrière cette table un grand fauteuil emprunté au mobilier du salon pour le magistrat.

Une table plus petite, flanquée d'une simple chaise, attendait le greffier.

Les témoins furent appelés l'un après l'autre, et dans le même ordre que précédemment, Gervaise la première, puis Andoche.

Ils répétèrent d'une façon exacte et presque dans les mêmes termes ce qu'ils avaient dit au maire et au juge de paix.

Seulement, comme il fallait consigner au procès-verbal leurs explications verbeuses, cela prit beaucoup de temps.

La nuit tombait et il devenait nécessaire d'allumer des bougies au moment où Andoche Ravier, le deuxième témoin, apposait sa croix en guise de signature au bas de sa déposition dont lecture venait de lui être faite par le greffier.

Le juge d'instruction ne donna point sur-le-champ l'ordre d'introduire Jean Pauquet, le coq de village.

Il voulait connaître l'opinion de Jobin et s'assurer que la manière de voir du célèbre policier était conforme à la sienne.

— Eh bien ! — lui demanda-t-il, — que pensez-vous

de Sidi-Coco ? — Vous semble-t-il opportun de chercher ailleurs ? — La culpabilité du ventriloque vous
paraît-elle démontrée ?...

Jobin secoua silencieusement la tête.

— Quoi ! — s'écria le magistrat, — vous croyez à
l'innocence de cet homme ?...

Jobin secoua la tête de nouveau.

— Puisque monsieur le juge d'instruction me fait
l'honneur de m'interroger, — répondit-il, — je lui
dirai qu'en mon âme et conscience je ne crois pas
absolument à l'innocence du ventriloque, mais encore moins à sa culpabilité... — Je doute...

— Cependant il y a contre lui des présomptions
formidables.

— Monsieur le juge d'instruction me permettra de
lui demander lesquelles?

— Le seul fait de s'être trouvé hier au soir dans le
parc au moment où le crime s'accomplissait, et d'en
être sorti en escaladant la muraille de clôture grâce
aux branches du marronnier ! ! — N'est-ce donc pas
une preuve écrasante ?

— Une preuve que Sidi-Coco voulait revoir Mariette malgré sa défense, — répliqua Jobin... — Or,
nous savons qu'il en est amoureux !... — J'aurai
d'ailleurs l'honneur de faire observer à monsieur le
juge d'instruction que le ventriloque, pour assassiner Jacques Landry et sa fille, aurait été con-

traint de rentrer dans le parc après en être sorti...

— Non pas, si, au moment où Andoche Ravier l'a reconnu, le crime était déjà consommé...

— D'accord, mais il ne l'était pas, je l'affirme...

— Sur quoi vous basez-vous pour affirmer cela?

— Sur l'évidence. — Andoche Ravier vient de vous dire qu'au moment de la rencontre neuf heures sonnaient au clocher de Rocheville. — Le crime et les recherches qui l'ont suivi ont pris au moins une heure... Eh bien, Jacques Landry et Mariette ne pouvaient à huit heures être couchés et endormis, puisque la petite Gervaise n'a quitté le château qu'à huit heures et demie...

— Le gros cidre troublait la tête du témoin, — il nous l'a dit lui-même, — rien ne démontre qu'il ne se soit pas trompé d'heure.

— C'est une chose à vérifier...

— Enfin, — poursuivit le juge d'instruction d'un ton sec, — j'ai la conviction, pour ne pas dire la certitude, que Sidi-Coco est l'assassin!!!

XV

Jobin s'inclina.

— M. le juge d'instruction me questionnait, — dit-il, — j'ai cru devoir lui répondre et formuler nettement ma pensée, ainsi que d'ailleurs je le fais toujours...

Le magistrat comprit que sa roideur venait de blesser le policier.

— Vous avez eu cent fois raison de parler franchement, — s'écria-t-il. — Votre opinion diffère de la mienne, mais il est fort possible que vous voyiez plus juste que moi... — L'événement nous montrera qui de nous deux est dans le vrai..... Enfin, quoi qu'il en soit, je crois utile et même indispensable de m'assurer de la personne de ce ventriloque... — Je le laisserai libre après un premier

interrogatoire si son innocence m'est démontrée...
— Dans le cas contraire, il sera de bonne prise.

— Sans compter, — fit observer Sidoine Fauvel,
— qu'il n'y a pas à se gêner avec les gens de cette
sorte... — Un malentendu de la justice ne saurait
les compromettre beaucoup... — Ils ont si peu de
chose à perdre!... C'est de la clique, passez-moi le
mot...

— Eh! monsieur le maire, — répliqua Jobin, — il
y a des saltimbanques qui sont d'honnêtes gens...

— Bah! vous croyez?...

— Certes, et j'ajouterai même que ceux-là consti-
tuent la majorité.

— Allons donc!!!

— Vous figurez-vous que sans cela la préfecture
leur accorderait l'autorisation d'exercer leur
métier?... — Tenez, moi qui vous parle, j'ai connu
une saltimbanque, Périne Rosier; surnommée *la
femme de Paillasse*, qui méritait une demi-douzaine
de prix Monthyon, tout au moins... et cependant
elle avait été condamnée, la pauvre créature... condamnée à mort par contumace, pour le crime d'un
autre.

— Et son innocence a été prouvée? — fit M. Fauvel.

— Parfaitement!...

— Tant mieux pour elle, mais ce n'est pas une

son, ce me semble, pour que le ventriloque n'ait

nt assassiné Jacques Landry et Mariette, et peut-

e aussi, par-dessus le marché, le neveu de

Domerat...

à cela il n'y avait rien à répondre.

Iohin se tut, en haussant légèrement les épaules.

Le juge d'instruction reprit la parole pour ques-

nner.

— La troupe de saltimbanques dont le ventriloque

partie est-elle encore ici? — demanda-t-il.

— Non... non... — répondit le maire, — toute la

ide a décampé hier matin...

— Sidi-Coco serait donc resté seul en arrière?

— Il faut le croire, mais je l'ignore...

— Où est allée cette troupe, le savez-vous?

— A Saint-Avit, dont c'est dimanche la fête patro-

e...

— Quelle est la distance de Saint-Avit à Roche-

e?

— Douze kilomètres....

— Brigadier?

— Monsieur le juge d'instruction?

— Je vais signer un mandat d'amener contre le

eleur nommé ou surnommé Sidi-Coco... — Vous

ndrez avec vous deux de vos hommes, vous vous

drez à Saint-Avit et vous mettrez le mandat à

cution.

— Oui, mon magistrat.

— Si les saltimbanques donnent une représentation au moment de votre arrivée, vous attendrez que le spectacle soit fini... Vous laisserez au public le temps d'évacuer la baraque... Vous agirez enfin sans bruit, et vous ferez en sorte d'éviter tout scandale.

— Oui, mon magistrat.

— Je vous enjoins, en outre, de ne point dire au ventriloque sous prévention de quel crime il est arrêté... — S'il vous questionne à ce sujet — (ce que sans doute il ne manquera pas de faire), — ne répondez rien...

— Suffit, monsieur le juge d'instruction... on s'y conformera...

— Vous conduirez ce malheureux à la mairie de Rocheville, vous l'y ferez garder à vue, et vous viendrez me prévenir à l'auberge où je passerai la nuit... — Il y a une auberge ici, je suppose?...

— Certainement, mon magistrat, et une bonne... l'auberge de « la Pomme sans pépins, » tenue par Auguste Nicot...

— Ah! monsieur le juge d'instruction, — s'écria Sidoine Fauvel, — ce n'est point sérieusement, j'espère, que vous parlez de descendre à l'auberge!!! — Vous me ferez l'honneur et le plaisir de souper et de coucher dans ma maison, où je mets à vos ordres quatre chambres d'amis, plus confortables les unes

[ue les autres et meublées par le premier tapissier de
Rouen... tout acajou, palissandre et moquette... —
C'est chose entendue, n'est-ce pas ? — Si vous décli-
niez ma requête, je ne m'en consolerais jamais...

— Loin de moi la pensée, monsieur le maire, de
vous causer un si grand chagrin, — répondit le magistrat en souriant. — J'accepte de grand cœur votre
gracieuse invitation, tout en regrettant le dérangement que je vais vous causer...

— Dérangement nul, je vous l'affirme... — reprit
Sidoine Fauvel rayonnant ; — ma fortune honorablement gagnée dans le commerce me permet une maison montée sur un bon pied... Cuisinière, femme de
chambre pour madame Fauvel, petit domestique
pour moi, et le jardinier qui donne au besoin un
coup de main à l'intérieur... — J'ai une cave dont
les amateurs reconnaissent le mérite... vous l'appré-
cierez... — Le cher juge de paix sera des nôtres,
et...

Le maire s'interrompit, regarda l'agent de la sûreté
et interrogea du regard le juge d'instruction, puis,
sur un signe affirmatif de ce dernier, il continua :

— Et M. Jobin me fera plaisir en se joignant à
nous.

Si courte qu'eût été l'hésitation du magistrat municipal, elle ne pouvait échapper au coup d'œil per-
çant du policier qui répondit :

— Grand merci, monsieur le maire... Ne comptez point sur moi... — J'aurai ce soir beaucoup de choses à faire... Je mangerai sur le pouce un morceau de viande froide arrosé d'un verre de vin et je passerai la nuit au château...

L'idée de voir un agent, — fût-il célèbre, — s'asseoir à sa table, souriait fort peu à Sidoine Fauvel.

Il se garda bien d'insister.

Le juge d'instruction remit le mandat au brigadier.

— Mon magistrat, s'il vous plaît, — demanda ce dernier, — comment faudra-t-il amener le criminel? Si nous faisons l'étape de douze kilomètres à pied, aller et retour, par la nuit noire, ce sera long...

— Procurez-vous une carriole à quatre places. — Elles ne doivent pas manquer ici. — Vous conduirez vous-même, et au retour vous aurez soin de placer Sidi-Coco entre vos deux hommes.

— Suffit, monsieur le juge d'instruction.

— Si le ventriloque a commis le crime pour s'emparer d'une grosse somme, — dit Jobin, — les gendarmes feront chou blanc... — Il se sera bien gardé de rejoindre sa troupe, et à cette heure il est loin...

— Rien n'est moins sûr, — répliqua le juge d'instruction. — Il se trahirait lui-même en prenant la fuite, et il peut croire que les soupçons ne se tourneront point vers lui.

— Comment croirait-il cela, sachant qu'il a été vu, et probablement reconnu, par Andoche Ravier?... — demanda le policier. — S'il se laisse pincer, c'est qu'il est innocent ! !

C'était logique, indiscutable, et le magistrat ne répondit point.

Sidoine Fauvel s'approcha du brigadier qui s'apprêtait à quitter le vestibule, et lui glissa dans l'oreille ces mots :

— Passez chez moi, mon brave, avant de partir pour Saint-Avit... Prévenez madame que nous aurons du monde à souper et recommandez-lui de soigner le menu.

— Maintenant, — reprit le juge d'instruction, — procédons sans retard à l'interrogatoire du troisième témoin...

Jean Pauquet comparut.

Jobin qui, préoccupé d'autre chose, n'avait écouté qu'avec distraction le compte rendu de l'enquête sommaire faite par le juge de paix et le maire de Rocheville, devint prodigieusement attentif dès les premiers mots de la déposition du coq de village.

A mesure que le valet de charrue de la ferme des Étiaux avançait dans son récit diffus, le regard du policier devenait plus brillant, et son regard habituellement impassible et presque terne exprimait une émotion vive.

8

Quand Jean Pauquet se fut retiré, après avoir apposé, comme Andoche Ravier, sa croix au lieu de signature au bas du procès-verbal, l'agent de la sûreté s'écria :

— Eh bien, monsieur le juge d'instruction, étais-je assez complétement dans le vrai tout à l'heure, en affirmant la complète innocence du malheureux saltimbanque que vous faites arrêter?

— En quoi donc la déposition que je viens de recevoir modifie-t-elle la situation? — demanda le magistrat très-surpris.

— Comment, en quoi? — Mais vous venez d'entendre que Jean Pauquet a conduit au château le neveu de M. Domerat, juste au moment où la petite Gervaise quittait Mariette et son père... — Le fait n'est pas douteux puisqu'ils se sont croisés sur la route... — Or, c'est Jacques Landry en personne qui est venu ouvrir au lieutenant... — Donc il était vivant, bien vivant!... — Les préparatifs du souper et le souper lui-même ont dû tout du moins occuper une heure et demie... — Georges Pradel n'a gagné sa chambre qu'à dix heures au plus tôt... — Le ventriloque, reconnu par Andoche Ravier, était parti depuis longtemps. — Par quels moyens aurait-il réussi à s'introduire de nouveau dans la maison, puisque M. le maire et M. le juge de paix ont constaté *de visu* que toutes les portes étaient closes?... — D'ailleurs le

père et la fille ne se trouvaient plus seuls au château... — Songez-vous au bruit effroyable qu'à dû
produire le meurtrier en brisant les boiseries et les
meubles à coups de hache? — Comment un pareil
bruit n'aurait-il pas éveillé le lieutenant?

— Qui nous dit que ce bruit ne l'ait point éveillé?

— Je l'admettrai si monsieur le juge d'instruction
veut que je l'admette ; mais alors qu'est-il devenu ?
Il a disparu... vous le savez bien...

— Certes, je le sais, et sa disparition est selon
moi le nœud de l'affaire... — Retrouvons Georges
Pradel et nous aurons le mot de l'énigme.

— L'assassin l'a frappé sans doute après le père et
après la fille.

— Soit, mais qu'a-t-il fait du cadavre ?

— Il l'a caché...

— C'est impossible !... — Georges Pradel est vivant,
je l'affirme !

— Enfin, Jobin, que croyez-vous donc?

— Ce que je crois, monsieur le juge d'instruction?... — commença l'agent avec feu, mais il s'interrompit et, au bout d'une minute, il reprit d'une
voix sourde : — Ce que je crois ? Ne me le demandez
pas... — Je n'oserais vous le dire en ce moment, car
ma pensée me fait peur à moi-même...

XVI

Un silence de près d'une minute suivit les dernières paroles de l'agent.

Le juge d'instruction rompit ce silence.

— Et moi, Jobin, — murmura-t-il, — j'ai peur de vous comprendre...

— C'est qu'alors vous me comprenez en effet... — répliqua le policier.

— Expliquez-vous nettement, et point de réticences... Qui accusez-vous ?

— Je n'accuse personne... c'est l'évidence qui parle... c'est elle qui me dit : — Le coupable est Georges Pradel !

Le maire et le juge de paix poussèrent en même temps deux exclamations qui se fondirent en une seule.

— C'est insensé ! — s'écria M. Rivois.

— C'est absurde ! — appuya M. Fauvel.

— Insensé ? Absurde ? — demanda Jobin. — Pourquoi donc ?

— Soupçonner d'assassinat le neveu d'un millionnaire !! — reprit le juge de paix.

— Un jeune officier plein d'avenir ! — poursuivit le maire.

— C'est de la folie toute pure !

— C'est du délire ! « *Ægri somnia !* »

— Je crois en effet, Jobin, que vous vous égarez... — dit à son tour le juge d'instruction... — Cependant tout est possible, même ce qui paraît impossible... — Éclairez donc ma conscience... — Quels faits accablants relevez-vous ou croyez-vous relever à la charge de Georges Pradel ?

— Un seul, mais le plus écrasant de tous... son absence...

— Cette absence ne démontre rien...

— Si elle ne démontre rien pour vous, monsieur le juge d'instruction, c'est qu'alors vous avez un moyen de l'expliquer... — Permettez-moi de vous demander quel est ce moyen...

— Je n'en ai aucun, et l'absence du lieutenant me paraît comme à vous incompréhensible... — Certes il y a là un mystère, mais de ce que nous ne pénétrons pas ce mystère, conclure à la culpabilité d'un

8.

jeune homme plein d'honneur, c'est inadmissible et c'est monstrueux ! !

— Oh ! — s'écria le policier, — comme j'étais dans le vrai, tout à l'heure, en essayant de me taire ! — j'ai parlé trop vite ! — il fallait attendre ! — Avant la fin de la nuit peut-être j'aurai dans les mains l'une de ces preuves irrévocables contre lesquelles on ne s'inscrit pas en faux !... — En ce moment, pour étayer ma conviction je n'ai que la logique, mais cette logique est si solide que l'avocat le plus malin, fût-il maître Lachaud lui-même ou Nogent-Saint-Laurens, ne viendrait point à bout de la battre en brèche ! — Le lieutenant Georges Pradel, conduit par un de nos témoins, est arrivé ici hier au soir entre huit heures et demie et neuf heures. — Il s'est fait reconnaître de Jacques Landry qui l'attendait et qui lui a ouvert la grille... — Le voilà donc installé dans le château dont on referme toutes les portes, et où personne ne peut plus s'introduire après lui. — Or, ce matin, Jacques Landry et sa fille sont assassinés et Georges Pradel a disparu !... — Concluez !!

M. Fauvel haussa les épaules.

Le juge de paix fronça le sourcil.

Le juge d'instruction baissa la tête et parut s'absorber en lui-même, comme un homme qui s'efforce de résoudre un problème.

— Mais, — demanda M. Rivois au bout d'un ins-

tant, — puisque vous avez prononcé le mot : logique,
— (et j'avoue franchement que la vôtre est serrée),
— poussons la logique jusqu'au bout...

— A vos ordres, monsieur le juge de paix, — fit
Jobin en s'inclinant.

Le juge d'instruction avait relevé la tête et il
écoutait.

L'ex-avocat de Rouen continua.

— A tout crime il faut un mobile, vous le savez
aussi bien que moi, et plus la position sociale du
criminel est élevée, plus ce mobile doit être puissant.
— Vous m'accordez cela, n'est-ce pas?

— Oui, certes !...

— Eh bien, il s'agit ici d'un jeune homme appartenant à une très-honorable famille, ayant fait de
bonnes études, sorti de l'école militaire avec des
notes excellentes, lieutenant à vingt-cinq ans, ayant
par conséquent devant lui un avenir facile et brillant... — Quel intérêt pouvait-il avoir à commettre
un double assassinat monstrueux?...

— Permettez-moi, monsieur le juge de paix, de
répondre à votre question par une autre question :
Supposons que Sidi-Coco soit le meurtrier... — quel
intérêt avait ce malheureux à tuer Jacques Landry
et Mariette?...

— La cupidité le poussait, puisque vous avez admis l'existence d'une grosse somme dans la chambre du régisseur...

— Eh bien, cette grosse somme aura tenté Georges Pradel comme elle a, selon vous, tenté le Ventriloque.

— Et voilà ce qu'il m'est impossible d'accepter !
— La similitude des positions n'existe pas !... — Sidi-Coco est un bateleur famélique... Georges Pradel, M. le maire le disait tout à l'heure, est le neveu d'un millionnaire...

— Est-il millionnaire aussi, ce neveu?

— Non, assurément...

— Possède-t-il au moins une fortune personnelle?

— Je ne crois pas... — M. Domerat s'est enrichi par son industrie, et sa sœur était pauvre... — Mais je sais de source certaine qu'il subvient largement aux besoins et même aux plaisirs de Georges Pradel...

— Le connaissez-vous, ce jeune homme?

— Je ne l'ai jamais vu mais M. Domerat, qui n'en parle qu'avec une profonde affection, m'a dit de lui le plus grand bien... Il affirme que c'est un cœur d'or...

— Dans ma carrière de policier, — répliqua Jobin, — j'ai rencontré plus d'un misérable dont la vie semblait pure et s'imposait au respect public jusqu'au jour où tombait le masque. — Tout Paris élégant serrait la main du baron de Croix-Dieu, et

cette main avait des taches de sang, et cet homme
était le génie du mal !! (1) — Je souhaite ardemment
me tromper, mais je ne l'espère pas... — Ma conviction est faite, ma certitude est absolue... — Je per-
siste ! — Il ne me manque pour vous convaincre à
votre tour qu'une preuve matérielle, et cette preuve
je l'aurai... oui, je l'aurai bientôt, je le sens.

La discussion allait continuer, et probablement
sans résultat, quand elle fut interrompue par l'arrivée
du docteur Grenier.

Le jeune médecin s'excusa de n'être point venu
plus vite se mettre aux ordres du juge d'instruction,
mais ses visites dans les campagnes l'avaient retenu,
et c'est à peine si en rentrant chez lui il avait pris le
temps de manger.

Sachant d'ailleurs dans quel but la justice récla-
mait son concours, il apportait les instruments né-
cessaires pour une autopsie.

— Il s'agit en effet de nous apprendre combien
d'heures après leur repas du soir les victimes ont été
frappées, — lui dit le juge d'instruction.

Le corps de Jacques Landry fut étendu sur une
table dans l'office par deux gendarmes, dont l'un
prit une lampe pour éclairer le docteur, que nous
laisserons ceint d'un tablier blanc, les manches

(1) *Les Tragédies de Paris.*

retroussées et le scalpel à la main, accomplir sa funèbre besogne.

Il était huit heures du soir.

— Monsieur le juge d'instruction, et vous mon cher juge de paix, — fit M. Fauvel, — je crois que rien d'urgent ne nous retient ici, et le souper se refroidit depuis longtemps déjà... — Ne serait-il pas à propos de gagner mon logis?...

La réponse fut affirmative.

— Décidément, Jobin, vous ne venez pas? — demanda le magistrat à l'agent.

— Impossible! — répliqua ce dernier, — tout à fait impossible!! Ah! je ne songe guère à souper!... J'ai, ma foi, bien autre chose à faire!... — Je reste ici et n'en bougerai pas avant d'avoir trouvé le mot du sombre logogriphe!!... — Bon appétit, messieurs!...

— Et vous, Jobin, bonne chance.!!

— Je retarderai cependant d'une minute encore M. le juge de paix, — reprit le policier, — en le priant de vouloir bien m'indiquer la chambre où l'on suppose que le lieutenant a passé la nuit...

— Je vais vous y conduire, — répondit M. Rivois, — et nous avons la certitude de ne nous point tromper, car Georges Pradel a laissé son porte-cigares dans cette chambre.

— En vérité!... et comment sait-on que ce porte-cigares est à lui?

— Il est timbré de ses initiales et contient en outre des cartes de visite et des lettres qui rendent le doute impossible...

— Des lettres!... — murmura Jobin. — Bravo! Je n'espérais pas tant! C'est peut-être un fameux atout que le hasard met dans mon jeu!

Et il suivit M. Rivois qui, prenant sur la table du vestibule le bougeoir Louis XVI fleurdelisé, le précéda dans l'escalier et l'introduisit dans la chambre où il le laissa en lui abandonnant le bougeoir et en lui souhaitant bonne chance, comme avait fait le juge d'instruction quelques secondes auparavant.

Jobin, resté seul, promena son regard autour de la pièce que nous connaissons déjà.

— D'abord il faut voir clair... — dit-il presque à voix haute.

Sur la cheminée de marbre gris, à droite et à gauche d'une petite pendule en bois sculpté et doré figurant le temple de l'Amour, se trouvaient deux flambeaux anciens, à double branche, munis de leurs bougies.

Jobin les alluma toutes les quatre, et la chambre fut bientôt assez vivement éclairée pour rendre possibles et faciles des investigations minutieuses.

Le policier s'approcha du lit et il en examina le désordre, puis il passa sa main entre les draps et la fit glisser jusqu'à la ruelle d'un côté, et jusqu'au pied du lit de l'autre, pour s'assurer que ce désordre n'était pas simulé.

— Le gredin s'est véritablement couché, — murmura-t-il, — et cependant il avait déjà la pensée du crime... impossible d'en douter !! Allons, c'est un homme fort !!...

Il se pencha pour regarder le marbre de la table de nuit.

Trois ou quatre monticules de cendre blanche attirèrent son attention.

— Au lieu de dormir, il a fumé... — continua-t-il. Son cerveau travaillait... — il combinait le scénario du drame sanglant qu'il allait jouer !

Jobin prit le flacon de rhum et le plaça entre ses yeux et la lumière d'une bougie.

Un tiers de la liqueur manquait.

— Ce tiers représente environ quatre ou cinq petits verres, — pensa le policier. — Sans doute il n'en fallait pas plus au joli militaire pour se donner du ton !... — Un moins solide aurait tout bu !... — Riche nature, parole d'honneur !...

Il saisit le porte-cigares et, avant de l'ouvrir, l'examina curieusement.

XVII

— C'est joli ! c'est élégant ! c'est coquet ! — murmura Jobin. — Cuir de Russie parfumé comme une
chevelure de femme !... Monture en argent doré !...
Initiales entrelacées du modèle le plus chic ! — Ah !
l'objet est du bon faiseur et sort d'un magasin qui
ne vend point de camelotte ! — Le lieutenant est
homme de goût !

Après un instant de silence, il ajouta :

— Malgré la trempe solide dont le gaillard a fait
preuve, il devait être singulièrement préoccupé tout
de même en quittant cette chambre. — La chose
qu'un fumeur oublie le moins d'emporter avec lui,
c'est son attirail de fumerie !... — Voyons un peu
l'intérieur du bibelot...

Il ouvrit le porte-cigares.

9

Nous en connaissons déjà le contenu.

Nous savons que l'une des poches renfermait trois cazadores, et l'autre des cartes de visite et des lettres.

Le policier vida cette poche.

Les lettres, ou plutôt les enveloppes, étaient au nombre de trois, et la même main avait tracé leurs suscriptions.

La première portait le timbre du Havre et l'adresse de M. Georges Pradel, lieutenant aux zouaves, à Alger. — Elle avait environ quinze jours de date.

Jobin tira de l'enveloppe la feuille de papier qu'elle contenait, et lut les lignes suivantes :

« Ta lettre qui m'arrive ce matin, mon cher enfant, après un silence de trois mois, me fait beaucoup de peine, car elle me paraît horriblement triste, plus triste encore que la précédente, et chacune de ses phrases me semble écrite sous l'impression d'un immense découragement.

« Tu as, ou tout au moins tu crois avoir quelque grand chagrin, mon pauvre Georges, cela saute aux yeux.

« Or, à ton âge, dans ta position, avec le brillant avenir militaire qui s'ouvre devant toi, tu ne peux guère avoir que des peines de cœur.

« Il y a quelque affaire d'amour sous roche, n'est-

il pas vrai? — Je suis vieux, mais j'ai été jeune et
je me souviens... — On se croit malheureux, on se
proclame désespéré, on se déclare inconsolable...
c'est la règle... puis le temps passe, on se réveille,
un beau matin, consolé, et l'on sourit doucement
de ce grand désespoir dont on devait mourir...

« Pourquoi fais-tu le mystérieux avec moi ?...

« Un père est un confident naturel, le plus discret,
le plus sûr de tous, et tu sais bien que je suis presque
ton père, et que je t'aime comme si tu étais absolument mon fils.

« Si tu m'avais dit tout, et depuis longtemps (car
ton chagrin ne date point d'hier), je t'aurais con-
seillé, je t'aurais soutenu, je t'aurais raffermi, et
peut-être serais-tu déjà redevenu, grâce à ton vieil
oncle, le joyeux Georges d'autrefois...

« Heureusement il n'est pas trop tard...

« Tu viens, — m'écris-tu, — et c'est la seule chose
qui me satisfasse dans ta lettre, tu viens de demander
un congé de semestre, tu es certain de l'obtenir, il
doit t'être accordé d'un jour à l'autre, et tu t'embar-
queras aussitôt pour venir passer ce congé auprès de
ta sœur et auprès de moi.

« Je commencerai ta cure morale, et je me fais·
fort de la mener rapidement à bien...

« Cette assurance de ma part te semble présomp-
tueuse, j'en suis sûr, mais il te faudra, bon gré mal

gré, reconnaître que j'ai raison... — Tu seras si heureux près de nous !...

« Léontine était une enfant encore quand tu l'as vue pour la dernière fois au moment de partir pour l'Afrique, en 1871.

« Les trois années écoulées depuis lors ont fait de la gamine en jupes courtes une grande jeune fille de dix-sept ans... — Elle est charmante, ta sœur, et tient ma maison comme un ange ! — Tout le monde affirme qu'elle est jolie... — C'est fort possible, et je la trouve telle ; mais surtout elle est bonne, ce qui vaut cent fois mieux...

« L'idée de te revoir et de t'embrasser bientôt lui tourne la têts de joie.

« Ce congé et ce voyage en France ne pouvaient d'ailleurs, de toutes façons, arriver en temps plus opportun... — Tu me seras prodigieusement utile.

« Je t'ai écrit, — mais tu peux l'avoir oublié, — que deux ou trois mois après ton départ j'ai fait l'acquisition, dans les environs de Rouen, d'un vieux logis qu'on a la courtoisie d'appeler un château, et dont le parc, quoique de médiocre étendue, est pittoresque et bien planté. — J'y passe trois semaines tous les ans et n'ai fait au logis aucun changement. — Tel il était quand je l'ai pris, tel il est.

« Or, je viens d'apprendre qu'un propriétaire dont le bien touche à la commune de Rocheville, et par conséquent à mon parc, a compromis sa fortune en jouant à la Bourse et cherche à réaliser ses immeubles...

« Il y a là pour trois cent et quelques mille francs de bons herbages et de champs de premier ordre.

« Ces herbages et ces champs, réunis autour du château, constitueraient un domaine très-sérieux et d'un joli rapport, et l'idée m'est venue de les acquérir et de donner le tout en dot à Léontine quand je la marierai, ce qui peut-être ne tardera pas beaucoup... — Figure-toi que sa main m'a déjà été demandée trois fois, et cet empressement est bien désintéressé, car on ignore ce que je ferai pour elle et même si je ferai quelque chose.

« Néamoins je ne donnerai suite à mon projet que lorsque tu nous auras rejoints. — Je veux, avant de rien conclure, que tu connaisses Rocheville... Je veux savoir si le pays te plaît. — (Il est giboyeux, je t'en préviens...) — Je veux enfin recevoir tes conseils pour les réparations et embellissements de toute nature à faire au château et au parc, attendu que j'ai dans ton goût la confiance la plus absolue...

« Ce que je te dis là doit rester absolument entre nous, tu le comprends. — Je tiens essentiellement à ce que ta sœur ne se doute de quoi que ce soit, jusqu'au jour où je lui dirai : « Petite Léontine, Rocheville est à toi. — C'est le cadeau de noces d'un vieil oncle... »

« En voilà bien long, mon cher enfant... En voilà trop long peut-être ?...

« J'achève en quatre lignes...

« Je ne sais pas si, au moment de ton arrivée, je serai au Havre ou dans le futur domaine de ma nièce. — Or, il importe de t'éviter des pérégrinations inutiles...

« En descendant du vapeur, à Marseille, tu trouveras une lettre adressée « poste restante, » qui te fixera ton itinéraire.

« A bientôt, mon cher enfant ; je t'aime et je t'embrasse avec une tendresse toute paternelle.

« Ton oncle, PHILIPPE DOMERAT. »

« P. S. Je joins à ce pli trois billets de banque de mille francs. — Tu dois avoir quelques petits comptes à régler là-bas avant de partir. »

— Ah ! sapristi ! — murmura Jobin, après avoir lu jusqu'à la dernière ligne. — Voilà ce qui peut s'appeler un digne oncle !! — Je suis presque attendri ! — Quel dommage qu'un brave homme comme celui-là ait un pareil gredin pour neveu !

Il replaça la lettre dans la poche du porte-cigares, en ajoutant :

— L'épître est touchante, mais ne m'apprend pas grand'chose, sinon que Georges Pradel est triste et que son oncle lui suppose des peines de cœur... — J'espérais mieux... — Voyons les autres...

La seconde lettre, ainsi que venait de l'annoncer M. Domerat, était adressée au lieutenant, *poste restante, à Marseille.*

Elle ne renfermait que ces lignes :

« Mon cher enfant,

« J'ai reçu la dépêche m'annonçant le jour précis de ton départ. — Tu es en mer ; après-demain tu seras à Marseille où tu trouveras cette lettre...

« Je ne suis, moi, ni au Havre, ni à Rocheville, mais à Paris, avec ta sœur, pour affaires urgentes et imprévues.

« Viens nous rejoindre AU GRAND-HOTEL. — Nous repartirons ensemble le plus tôt possible pour la Normandie. »

— Ah ! — fit Jobin, — c'est de la déveine !! — Et moi qui fondais tant d'espoir sur cette correspondance !! Je suis volé comme dans un bois !! — Cependant, allons jusqu'au bout.

Il prit la troisième enveloppe et l'examina.

Elle ne portait point le timbre de la poste et la suscription était ainsi conçue :

Monsieur Georges Pradel,
Lieutenant aux zouaves.

(*Pour lui être remise au moment de son arrivée au Grand-Hôtel.*)

Et dans l'angle droit, diagonalement et entre deux barres :

« *Recommandée d'une façon toute spéciale à l'obligeance de messieurs les employés du bureau du Grand-Hôtel.* »

Puis la signature : « PHILIPPE DOMERAT. »

Jobin fouilla dans l'enveloppe...
Elle était vide.

— Ah! sacrebleu! — s'écria-t-il avec un geste de désappointement, — il ne manquait plus que cela !!
— Le jeune homme avait dû cependant garder la lettre puisqu'il conservait l'enveloppe! — Qu'est devenue cette lettre?... où est-elle? qu'en a-t-il fait?
— Si elle existe encore il faut que je la trouve...

Le policier promena ses regards autour de la chambre et vit dans le foyer un papier tortillé en forme de mèche et dont l'un des bouts avait été rongé et noirci irrégulièrement par le feu.

— Ça doit être ça... — se dit-il. — Georges Pradel se sera servi de l'épître en guise d'allumette... — Voyons un peu...

Il ramassa le papier, le défripa, et put constater tout d'abord que pas une seule ligne ne manquait.— La flamme capricieuse semblait avoir comme à plaisir respecté l'écriture, qu'elle côtoyait sans l'entamer.

Jobin se mit à lire.

A mesure qu'il avançait dans la lecture une étrange expression de joie venait illuminer son visage.

Quand il eut achevé, il poussa un cri de triomphe et bondit comme un fou hors de la chambre rouge, en emportant l'étui à cigares, la lettre· et l'enveloppe...

9.

XVIII

Les principaux personnages que l'enquête relative au double assassinat réunissait au château une heure auparavant, soupaient dans la salle à manger du maire de Rocheville.

Une belle salle à manger, positivement, dont Sidoine-Apollinaire Fauvel tirait un légitime orgueil.

Les murailles étaient recouvertes d'un stuc brillant qui jouait, d'une façon agréable, le rôle de marbre jaune de Sienne.

Un artiste rouennais avait peint à la détrempe le plafond où se voyaient des oiseaux bleus, voltigeant parmi des nuages d'un rose tendre.

Les buffets de service, en bois noir poli à outrance, figuraient l'ébène antique.

Les siéges, de forme quasi Louis XIII, étalaient les initiales de Sidoine Fauvel estampées en or sur leurs dossiers de basane rouge.

La suspension à dix-huit bougies se donnait des airs de vieil argent.

Enfin quatre grandes natures mortes, d'une médiocrité navrante mais encadrées magnifiquement, complétaient le décor artistique, ou se prétendant tel.

— J'ai beaucoup de goût pour les arts... — disait volontiers le maire de Rocheville... — Si je n'avais été commerçant j'aurais pu, tout comme un autre, devenir peintre ou sculpteur, ou du moins architecte, et me distinguer dans ma partie... — Ce sont d'honorables carrières, mais on y fait rarement fortune et, somme toute, mieux vaut l'industrie !... — Aussi mon fils est chez le banquier...

Madame Fauvel, naturellement, occupait à table la place d'honneur.

Cette petite femme atrabilaire et couperosée, portant sur ses cheveux encore noirs un bonnet à coque d'un style inouï, se plaignit souvent d'avoir eu fort à souffrir des légèretés de son mari, qui, — s'il fallait en croire la chronique, — se montrait volontiers galant, mais hors de son ménage.

Madame la mairesse avait à sa droite le juge d'instruction et à sa gauche le juge de paix.

Sidoine Fauvel leur faisait face, flanqué de sa fille en grande toilette.

Le brigadier s'était scrupuleusement acquitté de sa commission.

On avait soigné le menu, et le souper, quoique composé d'éléments réunis en toute hâte, réalisait l'idéal de ces plantureux repas de province, édifiés pour de solides appétits, pour de robustes estomacs, et contraignant les convives à des séances gastronomiques d'une longueur invraisemblable.

Tout le monde d'ailleurs, vu l'heure tardive, était affamé.

Fourchettes, couteaux et mâchoires jouaient avec un entrain superbe.

Les mets apportés à la file par Pétronille, la forte servante, et par Jean-Marie, le petit domestique en gilet rouge, ne faisaient que paraître et disparaître.

L'impression de tristesse, résultant des événements accomplis, s'effaçait peu à peu sous l'influence des bons vins de M. Fauvel.

Bref, la réunion était tout près de devenir sinon bien gaie du moins animée, quand le bruit d'un pas impétueux se fit entendre dans le couloir qui divisait la maison en deux parties égales. — La porte s'ouvrit violemment et un homme, agitant un papier au-dessus de sa tête, entra, ou plutôt se précipita comme une bombe dans la salle à manger.

Madame Fauvel eut peur et cacha son visage dans ses mains.

Mademoiselle Olinda Fauvel se serra toute palpitante contre son père qui, la bouche béante et la fourchette levée, regardait avec stupeur le nouveau venu sans le reconnaître.

— Jobin! — s'écria le juge d'instruction.

— Oui... moi... — balbutia le policier d'une voix essoufflée et à peine distincte, car il était venu toujours courant depuis le château.

— Qu'y a-t-il? — demanda le magistrat ; — à coup sûr vous avez quelque chose à m'apprendre?...

Jobin fit signe que oui.

— Quelque chose de très-important?

Nouveau signe affirmatif.

— Reprenez donc haleine, — continua le juge, — et parlez vite!

L'agent saisit sans façon sur la table le premier verre qui lui tomba sous la main, le remplit d'eau et le vida d'un trait.

— Ouf! — fit-il, — me voilà remis! — Je vous avais promis, monsieur le juge d'instruction, une preuve de la culpabilité de Georges Pradel... une preuve sans réplique, indiscutable... plus lumineuse que le soleil... — Cette preuve devait exister, je la sentais... je la devinais... j'étais certain qu'elle ne m'échapperait pas...

— Eh bien ?

— Eh bien, je l'ai cherchée, je l'ai trouvée, et je vous l'apporte...

— Ce papier ?...

— Oui, ce papier...

— Qu'est-ce donc ?

— Une lettre de M. Domerat à son neveu... la troisième... — les deux autres sont dans l'étui... — mais il importe que vous les connaissiez avant tout et je vais vous les lire...

L'agent de police, exhibant le porte-cigares, en tira les épîtres que nous avons reproduites dans le précédent chapitre et lut rapidement à haute voix.

— Qu'est-ce que vous concluez de cela ? — demanda le magistrat évidemment désappointé comme l'avait été Jobin lui-même. — Nous savions déjà que le jeune officier devait venir à Rocheville puisque Jacques Landry, prévenu par M. Domerat, l'attendait le lendemain et faisait des préparatifs pour le recevoir...

— Attendez, monsieur le juge d'instruction, — reprit le policier. — Attendez, je vous en supplie ! — Les deux lettres isolées ne signifient rien, c'est positif, mais vous allez entendre la troisième, et je veux bien que le diable m'emporte si vous n'êtes point d'avis qu'elle signifie beaucoup, celle-là !!

Et il commença :

« *Paris, du Grand-Hôtel, neuf heures du matin,*
23 septembre. »

— Il s'interrompit.

— Remarquez bien la date, — fit-il, — la lettre est d'avant-hier, neuf heures...

Puis il continua :

« Je joue de malheur, mon cher enfant. — Au lieu de t'attendre à Paris, ainsi que c'était convenu, je vais te croiser en route, quelque part, je ne sais où, entre Paris et Lyon ou entre Lyon et Marseille, car je m'embarque à onze heures, à l'improviste, par l'express P. L. M. et tu trouveras cette lettre au Grand-Hôtel au lieu d'y trouver ta sœur et ton oncle... — La compensation te semblera sans doute insuffisante...

« Ceci doit te paraître une énigme... — En voici le mot.

« Je viens d'être prévenu qu'une importante maison de Marseille où j'ai de grands intérêts est au moment de faire faillite, mais qu'un secours immédiat la sauverait peut-être...

« J'imite les joueurs maladroits qui courent après leur argent. — Je pars... — Je ferais sans doute mieux de rester, mais c'est plus fort que moi.... je pars...

« Léontine ne pouvait ni demeurer seule au

Grand-Hôtel, ni m'accompagner dans mon brusque voyage, — je l'ai conduite tout à l'heure au pensionnat où elle a été élevée et où on veut bien se charger d'elle pendant mon absence qui se prolongera tout au moins une semaine. — La pauvre chère mignonne est bien triste. — Elle comptait si fermement t'embrasser ce soir ou demain... — Enfin ce n'est que partie remise...

« Veux-tu me faire un grand plaisir ? — Oui, n'est-ce pas ? — Eh ! bien, au lieu de m'attendre huit jours à Paris où tu ne connais personne, pars après-demain pour Rocheville.

« En prenant l'express du Havre, gare Saint-Lazare, à huit heures du matin, tu seras à onze heures à la station de Malaunay, où tu trouveras une patache qui fait le service des voyageurs et te conduira à destination en deux petites heures...

« J'écris deux lignes à Jacques Landry, un ancien matelot, un brave homme que tu ne connais pas, dont j'ai fait mon régisseur, et qui habite le château seul avec sa fille Mariette, une brave et jolie fille, ma filleule. — Je les préviens de ton arrivée. — Ils te recevront comme un prince...

« Maintenant, veux-tu savoir pourquoi tu me rendras service en quittant Paris pour aller t'enterrer là-bas ? — Voici la chose

« Par suite de circonstances que je t'expliquerai

de vive voix, j'ai laissé à Rocheville, la semaine dernière, trois cent cinquante mille francs en or et en
billets de banque destinés à payer l'acquisition dont
je t'ai dit un mot. — Je suis sûr de Jacques Landry,
mais c'est beaucoup d'argent, trois cent cinquante
mille francs! et l'importance d'un pareil dépôt pourrait exposer le digne homme à de sérieux dangers.
Heureusement personne au monde ne se doute
qu'une telle somme se trouve au château, dans la
chambre du régisseur; mais c'est égal, depuis hier
de fâcheux pressentiments me sont venus, et je serai
beaucoup plus tranquille quand « le magot » que
je destine à ta sœur aura deux gardiens au lieu
d'un.

« Tu ne t'ennuieras pas trop d'ailleurs. — Le
maire est un excellent homme, le juge de paix est
plein de mérite... tu leur feras une visite... et puis tu
chasseras... — Le pays est très-giboyeux... je crois
te l'avoir déjà dit.

« Le temps me presse... — il ne me reste que
bien juste celui de t'embrasser... — Au revoir, cher
enfant. — Qui sait? Je pourrai peut-être, quand nos
deux trains se croiseront, t'envoyer un bonjour au
passage.

« Ton oncle qui compte sur toi, et qui t'aime.

« P. DOMERAT. »

Jobin avait fini.

Un silence de stupeur suivit sa lecture.

Le policier rompit ce silence.

— Eh ! bien, monsieur le juge d'instruction, — demanda-t-il, — qu'en pensez-vous ? — « *Personne au monde,* » — c'est M. Domerat qui le dit, — « *ne soupçonnait la présence des trois cent cinquante mille francs dans la chambre du régisseur !* » — Cette somme a tenté le militaire !... — Il est allé droit à l'argent ! — Jacques Landry et Mariette ont payé de leur vie la confiance du maître !! — Me taxez-vous encore de folie quand j'accuse M. Pradel ? — Lui seul a commis le crime, car lui seul, LUI SEUL AU MONDE, avait intérêt à le commettre... — Est-ce clair ?...

— Oui... — murmura le magistrat, — oui, vous aviez raison... — Il me faut bien me rendre à l'évidence... Georges Pradel est coupable en effet... — Ah ! je plains M. Domerat !... Quel coup terrible pour sa vieillesse !...

XIX

— Ah ! ce Georges Pradel est un gredin solide !...
— reprit l'agent de la sûreté. — Je ne sais quel
poëte a dit :

Ses pareils à deux fois ne se font point connaître
Et pour leurs coups d'essai veulent des coups de maître !...

On lui peut appliquer ces vers, et pourtant il n'est
pas complet... — Je vois dans son jeu deux lourdes
fautes... si lourdes que je ne les comprends guère de
la part d'un joli garçon si richement organisé pour
le crime.

— De quelles fautes parlez-vous, Jobin ? — demanda le juge d'instruction.

— La première est de s'être laissé conduire jusqu'à
la grille du château par Jean Pauquet, et d'avoir
prononcé son nom devant lui... — Il devait à tout

prix s'arranger pour arriver seul et ne se faire reconnaître de Jacques Landry qu'en tête à tête... —
Comment diable s'y prendra-t-il maintenant pour
établir un alibi ? — Je le mets au défi même de l'essayer !... — La seconde faute, la plus inexplicable,
la plus grossière, c'est de n'avoir point anéanti
jusqu'au dernier atome de la lettre que voici... —
J'admets à la rigueur l'oubli du porte-cigares, si
compromettant que fût cet oubli... — Quand on est
au moment de supprimer deux créatures vivantes
on ne peut pas penser à tout, n'est-ce pas ?... — Mais
la lettre !! Une lettre de cette importance !! — Une
lettre qui met au bas du crime la signature du criminel !! — Il allume son cigare avec cette lettre, le
nigaud !... — Au lieu de la laisser flamber jusqu'au
bout, et d'en broyer la cendre, il l'éteint soigneusement et la jette au hasard comme un papier sans la
moindre valeur !... — Cet acte de bêtise ou de folie
confond ma raison, je l'avoue !! — Je ne puis le
concilier avec l'atroce sang-froid dont le misérable
faisait preuve un instant après... — Ce solécisme de
conduite est absurde... il est invraisemblable !... Si
je ne le voyais de mes propres yeux, je refuserais
carrément d'y croire...

— Et moi je comprends très-bien ce qui vous
étonne... — répliqua le juge d'instruction. — C'est
une preuve nouvelle de l'aveuglement cent fois

prouvé déjà dont la justice divine frappe le meurtrier ! — Il pense avoir effacé sa trace et compte sur l'impunité, mais il s'abuse, grâce au ciel, et laisse en fuyant de tels indices que la justice humaine n'a plus qu'à étendre la main pour la laisser retomber sur lui.

— Et c'est en vérité fort heureux ! — reprit Jobin.

— Supposons que Georges Pradel soit arrivé seul au château... Supposons qu'il n'ait point oublié son porte-cigares dans sa chambre et que la lettre qui nous le livre ne soit pas tombée dans nos mains, nos soupçons s'égaraient fatalement sans se tourner vers lui, nous faisions fausse route, et le malheureux ventriloque, qu'on arrête à cette heure, devenait peut-être victime d'une déplorable erreur judiciaire...

Le juge d'instruction fit un haut-le-corps et fronça le sourcil.

— Erreur judiciaire ! — répéta-t-il, — c'est bientôt dit ! — J'admets peu la légende des erreurs judiciaires dont les faiseurs de romans et de drames ont abusé plus que de raison !! — Dans ses recherches patientes et calmes de la vérité, la justice se trompe rarement... — On parle du courrier de Lyon... Mais la fantastique ressemblance de Lesurques et de Dubosq est-elle irrécusablement démontrée ?... Je me prononce quant à moi, sans hésiter, pour la négative...

— Cependant Sidi-Coco... — commença le policier.

— Sidi-Coco n'est pas seul coupable, c'est clair... — interrompit le magistrat, — peut-être même n'est-il pas coupable ; mais jusqu'à présent rien ne me prouve qu'il soit innocent... — Sans être le principal criminel, il peut être complice... Il doit l'être...

— Complice de Georges Pradel!... — s'écria Jobin stupéfait.

— Pourquoi non?

— Où se seraient-ils rencontrés?

— Sur le théâtre du crime — tout simplement. — Qui sait s'il n'a point profité de l'assassinat commis par Georges Pradel et si, n'ayant pas frappé lui-même, il ne s'est pas du moins fait payer son silence? Affirmeriez-vous qu'il n'en est rien?

Jobin baissa la tête sans répondre.

Non qu'il partageât la manière de voir du juge d'instruction et que la complicité du ventriloque lui parût probable ou seulement admissible, mais le magistrat tenait à ses idées, — il y tenait beaucoup. — Les combattre en ce moment était tout à la fois inutile et impolitique.

Mieux valait se taire.

Aussi Jobin se taisait, — non sans protester intérieurement.

Rejoignons le brigadier de gendarmerie chargé

de mener à bonne fin l'arrestation de Sidi-Coco.

Ce sous-officier, aussitôt après s'être acquitté auprès de madame la mairesse de la commission de M. le maire, s'était mis en quête d'un véhicule.

Les moyens de transport ne manquaient point à Rocheville.

L'aubergiste dont le cabaret portait l'enseigne bien normande de la « Pomme sans pépins, » désireux de se concilier la bienveillance de l'autorité qui peut-être, par un échange de bons procédés, fermerait l'œil sur quelques petites contraventions sans importance, avait mis avec empressement à la disposition du brigadier une carriole à deux roues et à quatre places attelée d'un vigoureux bidet.

Le bruit s'était répandu bien vite qu'on allait saisir au gîte les auteurs du crime effroyable de la nuit précédente, et les trois quarts de la population du village entouraient l'auberge tandis qu'on mettait le cheval dans les brancards.

On se poussait, on se bousculait pour accabler de questions le sous-officier et ses deux hommes, en grande tenue et le mousqueton en bandoulière.

— Qui sont les brigands?

— Combien sont-ils?

— Comment les a-t-on découverts?

— En quel endroit se cachent-ils?

— Est-ce loin d'ici?

— Croyez-vous qu'ils se défendront ?

— A quelle heure les ramènerez-vous ?

Ces interrogations et beaucoup d'autres, différentes pour la forme mais identiques pour le fond, se croisaient, se heurtaient, et formaient une sorte de bourdonnement monotone et continu, sur lequel se détachait par instants quelque voix glapissante.

Les bons gendarmes, — prudents par état, — n'avaient garde de donner aux curieux les renseignements désirés.

— La consigne est de se taire ! — répliquait le brigadier en riant. — Si on vous demande ce que vous savez, mes braves gens, vous répondrez que vous ne savez rien... — Comme ça vous ne tromperez personne... — Seulement, pour votre gouverne, si vous nous attendez vous attendrez longtemps...
— Rentrez donc chez vous et couchez-vous avec vos femmes... ceux qui en ont... c'est le plus sûr.

La carriole sortit de la cour.

La nuit tombait.

La petite lanterne réglementaire attachée à une des ridelles était allumée, et son lumignon fumeux brillait comme une pâle luciole derrière les vitres poudreuses.

Le brigadier s'installa avec l'un de ses hommes sur l'unique banquette, suspendue par quatre courroies de cuir brut. — Deux bottes de paille servirent de siége à l'autre gendarme.

— Hue ! Rougeot ! — cria le sous-officier en faisant claquer son fouet. — Gare là-devant !...

La foule s'écarta, le bidet partit au grand trot, et le bruit de ses grelots se perdit bientôt dans l'éloignement.

Les curieux désappointés échangèrent encore bon nombre de réflexions saugrenues, puis se dispersèrent.

De Rocheville à Saint-Avit, nous le savons, la distance est de douze kilomètres.

Quoique la route soit très-montueuse le bidet normand franchit ces trois lieues en une heure un quart.

Il faisait nuit noire quand le rustique véhicule atteignit les premières maisons de Saint-Avit, bourg de quelque importance qui compte plus de douze cents habitants.

Le brigadier mit le cheval au pas.

La grande rue était à peu près déserte. — On entendait distinctement le bruit de la musique des saltimbanques, musique bizarre, composée d'une grosse caisse, d'un chapeau chinois, d'un cornet à piston, de timbales et de castagnettes.

— Il y a séance... — murmura le sous-officier et, se rappelant les ordres du juge d'instruction, il

10

ajouta : — Nous allons faire ici une faction de longueur !... — Rougeot est en nage, la bonne bête...
— Il s'agit de lui donner un picotin soigné !...

On passait justement devant une auberge. — La
carriole entra dans la cour, on la remisa, tout attelée,
sous un hangar. — L'aubergiste plaça devant le bidet
une mangeoire portative bourrée d'avoine, et l'un
des gendarmes resta de planton près de lui tandis
que les deux autres se dirigeaient vers la grande place
où la baraque était installée.

C'était une baraque de bonne apparence, longue
et large, moitié planches et moitié toiles, pouvant se
monter et se démonter en quelques heures et pré-
cédée d'une estrade destinée aux musiciens et à la
parade.

On accédait à cette estrade par un escalier à rampe,
au sommet duquel trônait dans un vieux fauteuil,
devant une petite table, une grosse femme préposée à
la recette et légitime épouse de Jérôme Trabucos,
l'impressario.

On passait devant cette matrone. — On versait
dans ses mains la rémunération de vingt centimes,
— (deux sous seulement pour MM. les militaires et
les enfants au-dessous de six ans). — On soulevait
une portière de coutil rayé, on descendait un escalier
semblable à celui qu'on venait de gravir, on se trouvait dans ce lieu de délices que nous avons entendu

la petite Gervaise comparer naïvement au paradis, et l'on avait le droit de prendre sa part des belles banquettes en bois de sapin recouvertes de calicot rouge.

Au fronton de la baraque, splendidement illuminée par douze lampions et six lanternes de couleur, s'étalait un large écriteau de toile sur lequel se lisaient en énormes lettres rouges et noires ces mots :

GRAND SALON DES MERVEILLES

NATURELLES, PHYSIQUES, ARTISTIQUES, AMUSANTES
ET AUTRES

Phénomènes, prestidigitation, cartomancie, tours de force et d'adresse, animaux savants, magie blanche, musique et danse, lutte à main plate. (LES AMATEURS SONT ADMIS A SE MESURER CONTRE LES PLUS FORTS HERCULES DE DE FRANCE ET D'EUROPE.)

A droite, un tableau d'une hauteur de deux mètres offrait aux regards le portrait flatteur, et surtout flatté, de la jeune fille géante, âgée de dix-huit ans et trois mois, pesant deux cent cinquante kilos, dansant la cachucha, disant la bonne aventure, et honorée des suffrages de plusieurs têtes couronnées.

A gauche, un tableau pareil annonçait les *prodi-*

gieux exercices de L'INCOMPARABLE SIDI-COCO, *dit le Zouave, travaillant à l'instar de* L'HOMME A LA POUPÉE, *d'immortelle mémoire, que tout Paris courait applaudir au Palais-Royal dans le fameux Café des Aveugles.*

XX

Au moment où le brigadier et son subordonné arrivaient sur la place, la grosse caisse modulait son roulement suprême, le cornet à piston exhalait son dernier couac, les castagnettes et les timbales se taisaient, le chapeau chinois ne frémissait plus qu'à peine et les musiciens passaient l'un après l'autre derrière la toile pour accompagner les exercices, tandis que le pitre glapissait sur l'estrade :

— Messieurs, mesdames! on va commencer !! — Saisissez l'occasion aux cheveux! Empressez-vous de venir voir ce que vous n'avez jamais vu et ce que vous ne reverrez jamais, car le grand Salon des Merveilles, ses artistes, ses hercules, ses animaux savants et ses phénomènes sans pareils quitteront votre commune irrévocablement dans trois jours, et d'ail-

10.

leurs l'incomparable Sidi-Coco, dit l'homme à la poupée, abandonnera prochainement la France, la belle France, pour un pays lointain quoique glacé, où il doit faire les délices de l'empereur de toutes les Russies et de sa cour, qui le couvriront à l'envi de roubles et de fourrures!! — Entrez! Entrez! Suivez le monde!!!

Le sous-officier poussa le coude de son compagnon.

— J'avais comme une idée que le Ventriloque aurait pris la poudre d'escampette! — lui dit-il à voix basse; — il paraît que je me trompais et que nous ne ferons pas buisson creux!...

—Brigadier, vous avez raison, — répliqua le simple gendarme, qui cependant ne s'appelait point Pandore.

Les habitants de Saint-Avit, en assez petit nombre d'ailleurs, se rendaient à l'appel du pitre et gravissaient l'escalier de la baraque.

Sans doute la plus grande partie de la population réservait sa curiosité et ses gros sous pour le lendemain dimanche, jour de la fête patronale où les plus folles dépenses semblent légitimes aux bons villageois.

Le brigadier laissa passer les gens du pays, puis il monta les marches à son tour, suivi de son fidèle acolyte.

Il allait déposer vingt centimes, — prix des places militaires, — devant la grosse femme, quand celle-ci s'écria d'un ton joyeux en le regardant :

— En croirai-je mes yeux ? — Mais oui, Dieu me pardonne, c'est ce cher brigadier de Rocheville en personne véritable et naturelle !! — Plus souvent que j'empocherai votre quibus, brigadier !! — Entrez, entrez, messieurs !... Pour vous le spectacle est gratis, et c'est un grand honneur que vous faites par votre présence au salon des Merveilles.

— Toutefois, — commença le sous-officier, — n'étant point ici dans l'exercice de nos fonctions, pour la chose de la surveillance municipale, il me semble...

— Turlututu, chapeau pointu !... Brigadier, il vous semble mal ! — interrompit la grosse femme. — Prendre l'argent de la gendarmerie !... jamais de la vie !!! — Mais je l'adore, moi, la gendarmerie !! Tous « bel homme » sous les buffleteries !! — J'ai eu un fort béguin, l'an passé, à Saint-Brieuc, pour un gendarme de toute beauté !! Ah ! le beau gendarme !!... Même que Jérôme Trabucos, mon légitime époux, en était jaloux comme un tigre, quoique la chose se passât en tout bien tout honneur ! — Rien que le plus pur sentiment !! — Entrez, messieurs, que je vous dis, entrez là dedans, et si un petit verre de vieille ne vous était point inférieur après la repré-

sentation, Jérôme et moi nous en avons à votre service qui vient de Cognac même...

Tant d'affectueuse insistance, et de si concluants
témoignages d'admiration pour la sardine blanche
et pour le jaune baudrier, triomphèrent des scru-
pules du brigadier.

Il remit ses vingt centimes dans sa poche, franchit
le seuil avec son gendarme et s'assit derrière les
quelques douzaines de spectateurs arrivés les premiers.

La salle en somme était mal garnie et la recette
devait être maigre, ce qui donnait de notables proportions au désintéressement absolu de la forte
femme.

L'entrée des deux représentants de la force publique ne produisit aucune sensation. — Leur présence n'étonna personne.

Nous n'avons pas à nous occuper des exercices
de toute nature qui se succédèrent et dont le compte-
rendu serait dénué d'intérêt pour nos lecteurs.

Le brigadier attendait avec impatience l'entrée en
scène de Sidi-Coco, et nous savons par le récit de la
petite Gervaise que le ventriloque ne paraissait point
avant la dernière partie de la séance.

Enfin une musique bruyante annonça son arrivée.

Il parut, et de fort bonne grâce salua le public qui
applaudit de confiance, car la réputation du ventri-

loque le précédait et faisait véritablement de lui, comme disent les Anglais, *la grande attraction* du Salon des Merveilles.

Le brigadier se pencha vers son compagnon et lui glissa dans l'oreille ces mots :

— Il n'a vraiment pas mauvaise figure, ce gredin-là !!

— Bien sûr que non, — répondit le gendarme, — et même que si les personnes timides et inoffensives étaient dans l'ignorance des forfaits et autres noirceurs dont il est coutumier, elles en feraient la rencontre nuitamment, au coin d'un bois, sans inquiétude...

— Observez, néanmoins, camarade, que s'il paraît n'avoir non plus de soucis présentement qu'un honnête citoyen exempt de reproches, c'est qu'il unit l'astuce à la scélératesse, et qu'il fait de son visage ce qu'il veut, car il doit être bourrelé...

— Bien sûr que oui... et je présuppose que, pour si endurci qu'il puisse être, il doit connaître l'aiguillon du remords...

Sidi-Coco, que la petite Gervaise appelait le « bel homme », était véritablement un beau garçon de vingt-sept ou vingt-huit ans.

Ses yeux noirs, brillants et doux, éclairaient un visage aux traits accentués et réguliers, au teint très-brun et d'une pâleur mate.

De longues et épaisses moustaches noires, effilées du bout, ombrageaient les lèvres et donnaient à la figure un cachet militaire.

Sous la perruque blanche, posée par distraction un peu trop en arrière, on voyait la naissance des cheveux d'un noir bleu, coupés ras et dessinant cinq pointes sur le front.

Le ventriloque portait, comme de coutume, un costume de fantaisie ressemblant à un uniforme de zouave de carnaval : — courte veste dont l'étoffe bleue disparaissait sous les galons et les soutaches, ceinture écossaise aux tons criards, pantalon blanc d'une ampleur démésurée pris dans des molletières de cuir jaune, et, sur la perruque, un chapeau lampion à trois cornes, muni d'un immense plumet rouge.

Sidi-Coco tenait de la main gauche une petite poupée en robe de soie, « aussi bien mise, » selon Gervaise, « que mademoiselle Léontine, la nièce à M. Domerat... »

Il s'avança jusqu'à la maigre rangée de quinquets fumeux qui constituaient la rampe, salua de nouveau et prit la parole en ces termes :

— Mesdames et messieurs, c'est donc pour vous dire que je vais avoir l'honneur d'exécuter en votre présence la grande scène de ventriloquie qui m'a valu dans les principales villes de France et de l'é-

tranger les suffrages des amateurs et des connais-
seurs les plus éclairés... je nourris le flatteur espoir
que vous m'accorderez votre estime et vos encoura-
gements...

Nous demandons l'autorisation d'ouvrir ici une
très-courte parenthèse, tandis que le public applaudit de nouveau.

La ventriloquie, aujourd'hui complétement démo-
dée et qui ne joue plus guère son rôle que dans quelques exhibitions départementales, a joui jadis d'une
vogue énorme, et les savants eux-mêmes ont disserté
longuement à son sujet.

L'abbé La Chapelle, censeur royal à Paris, jeta le
premier quelque lumière sur cette question plus
compliquée qu'on ne pense, car les uns prétendaient
que la ventriloquie provenait d'une conformation
particulière de l'individu, tandis que les autres
voyaient en elle un résultat acquis, provenant d'é-
tudes spéciales.

Un épicier de Saint-Germain en Laye, nommé
Saint-Gille, et ventriloque autant qu'on le puisse
être, fut tout particulièrement l'objet des observations patientes et multipliées du censeur royal.

Ce Saint-Gille, très-sérieusement occupé de son
commerce et ne tirant de son art aucun profit, n'en
faisait non plus nul mystère et l'exerçait en amateur.

Son panégyriste dit de lui : « Il n'usait de son talent que pour amuser les honnêtes gens et corriger les mauvais caractères. »

Et l'abbé La Chapelle cite à l'appui de cette affirmation un jeune homme nouvellement marié, fort enclin à oublier les lois de la fidélité conjugale et que la voix mystérieuse du ventriloque ramena dans le chemin du devoir.

Il ajoute que des usuriers incorrigibles jusque-là, avertis et épouvantés de la même façon par des voix qui ne semblaient point de ce monde, abandonnèrent une existence d'avarice et de rapines et consacrèrent toute leur fortune mal acquise à soulager les pauvres et à doter les orphelines.

Voilà, ce nous semble, des résultats qui valent un bon point à la ventriloquie !

Après Saint-Gille les ventriloques, renonçant à travailler pour le compte de la pure vertu, utilisèrent leur art en l'appliquant aux divertissements du public, qu'ils enthousiasmèrent.

Un certain baron de Mengen se rendit célèbre en Autriche, et s'enrichit avec une saynette de sa composition où le plus curieux dialogue s'établissait entre lui et trois ou quatre petites figures qu'il manœuvrait comme des marionnettes.

Il fit école.

L'homme à la poupée, si populaire il y a quinze ou vingt ans, et que bon nombre de nos contemporains se souviennent d'avoir visité au Palais-Royal fut, au moins indirectement, l'un de ses élèves.

Ces brèves explications données sur la ventriloquie, revenons à la baraque de Saint-Avit et à notre personnage, qui ne semblait soupçonner en aucune façon le terrible danger prêt à fondre sur lui.

Il salua de nouveau, et montrant au public la poupée si bien vêtue dont il serrait délicatement la taille mince entre deux de ses doigts, il reprit :

— Mesdames et messieurs, j'ai l'avantage de vous présenter madame Sidi-Coco, ma légitime épouse...

Un long éclat de rire accueillit ces paroles, puis une voix rauque, éraillée, brisée par l'absinthe, une voix qui semblait tomber du comble de la baraque, cria dans le langage pittoresque et avec le plus pur grasseyement du gavroche parisien :

— Ça, ton épouse !... et ta légale encore !! plus que ça de genre !... Oh ! là ! là !... — Si vous avez des petits, tu sais, ma vieille, j'en retiens un !!...

Tout le monde leva la tête vers la toiture de la baraque, — le brigadier et son gendarme firent comme les autres.

Naturellement on ne vit personne, par l'excellente raison que l'invisible interrupteur était le ventriloque lui-même.

11

XXI

Le même organe éraillé reprit :

— Qu'est-ce qu'ils ont donc tous à regarder en
l'air ?... — C'est-il à moi que vous en avez, bonnes
gens ?... — Vous vous mettez le doigt dans l'œil plus
haut que le coude. — Vous me cherchez au grenier,
quand je suis à la cave... — Ah ! sapristi, la petite
mère, que voilà un joli mollet ! Si vous possédez le
pareil, ça vous fait une rude paire de jambes !!

La voix éraillée semblait maintenant raser le sol.
— On eût dit qu'elle s'échappait des fentes du plancher.

Si prodigieuse était l'illusion que les femmes
poussèrent de petits cris pudiques, en serrant leurs
jupes des deux mains, et que trois ou quatre spectateurs regardèrent sous les banquettes.

Le ventriloque fronça le sourcil.

— Ce qui se passe est intolérable et scandaleux ! — fit-il de sa voix naturelle. — Le mauvais drôle qui se permet de troubler ainsi la séance par ses plaisanteries saugrenues mérite d'être sévèrement puni, et sa punition servira d'exemple à quiconque voudrait l'imiter. — D'autres se contenteraient peut-être d'expulser le perturbateur... — Moi, je ferai mieux... — Je vais l'envoyer à cent pieds sous terre !!

— Oh ! là ! là !... oh ! là ! là !... — gémit l'organe enroué qui parut aussitôt sortir du fond d'un puits et qui s'affaiblit rapidement jusqu'à devenir presque indistinct. — Il fait froid là-dedans... il fait noir !... Voilà que je m'enrhume !... Atchi !... Pardonnez-moi, m'sieu le ventriloque... Laissez-moi remonter... Je ne le ferai plus !!...

— Trop tard !... — répliqua Sidi-Coco. — Tu as besoin d'une leçon, mauvais plaisant, et tu resteras dans ton trou jusqu'à minuit !!

Puis, le sourire aux lèvres et s'adressant au public, il poursuivit :

— Maintenant, messieurs et mesdames, maintenant que nous sommes entre nous et que personne, j'en réponds bien, ne nous dérangera plus, continuons... — Tout à l'heure je vous ai présenté ma femme... — Elle a l'air doux comme un petit mouton, n'est-il pas vrai, ma femme ?... — A la voir, pas plus haute que ça, on se figure que sans la moindre peine on doit la mener au doigt et à l'œil. — Elle paraît même savoir se taire, chose fort rare et presque introuvable chez les aimables personnes de son sexe... Eh ! bien, tout cela n'est qu'illusion, leurre et vaine apparence... Madame Sidi-Coco ne vaut pas mieux que les autres... Elle est bavarde, elle est gourmande, elle est colère, elle est menteuse, elle est volontaire, elle est coquette...

Ici la poupée se trémoussa, donna les signes de la plus vive impatience et s'écria d'une voix argentine :

— Taisez-vous, monsieur mon mari ! C'est une abomination toute pure de traiter comme vous le faites une pauvre petite femme sans défense... — Vous n'êtes qu'une méchante langue et qu'un calomniateur !!...

— Calomniateur ? — répéta le ventriloque — et à quel propos cette épithète, s'il vous plaît ?... N'êtes-vous point bavarde, ma mie ?

— Non, certes, je ne le suis point ! — répondit la mignonne créature avec une volubilité surprenante, — je parle bien, mais je parle peu. — Jamais, au grand jamais, on ne m'entend prononcer une parole inutile... Je ne passe pas ma vie, comme tant d'autres que je connais, à tailler des bavettes sur le compte de mon prochain, critiquant celui-ci, médisant de celle-là, intarissable en clabauderies, en potins, en cancans de toute sorte... Je m'occupe de mon ménage et de mes affaires, ne soufflant mot de celles des autres, et si l'on peut me faire un reproche c'est d'être trop silencieuse...

— Parfait ! La cause est entendue !! Et vous prétendez sans nul doute n'être pas plus colère que bavarde ?

— Colère, moi !! je suis colère !! — glapit la poupée furibonde. — Ah ! par exemple, ça, c'est trop fort !! — Ne le répétez pas, jour de Dieu !! ne le répétez pas !! ou, saperlipopette, je vous arracherai les yeux !!...

— J'avais tort ! — fit le ventriloque en riant, — tout le monde ici peut juger de votre douceur !! — Convenez au moins que vous êtes coquette ?

— Encore moins coquette que colère.

— Cependant vos toilettes me coûtent gros ! vous portez de la soie, et ce sont chaque jour des affiquets sans fin et de nouveau rubans.

— Parce que j'ai bon goût et que je tiens à vous faire honneur.

— Ainsi, c'est pour me plaire que vous me mettez sur la paille !

— Et pour qui donc ça serait-il, s'il vous plaît ?

— Pour tous ces « modernes » qui vous font la cour !... Croyez-vous que je suis aveugle ?

— Est-ce ma faute si je suis gentille et si les hommes s'en aperçoivent?... — Vous devriez en être content, vous, monsieur mon mari, car enfin si l'on m'aime cela prouve que je suis aimable...

— Très-aimable pour tous ces galants que vous attirez dans mon logis par vos sourires et vos œillades ! ! !

— Puis-je répondre à leurs politesses par des propos grossiers et des procédés malséants?

— Ils vous parlent de leurs espérances, et vous ne les découragez point ! ! !

— Pourquoi les découragerais-je? — Si je leur donne quelque espérance, ça ne me coûte rien et ça leur fait beaucoup de plaisir...

— De telle sorte qu'un de ces jours, où vous serez encore de plus facile humeur, je serai, moi...

— Quoi donc?

— Eh! madame, vous me comprenez de reste...

— Eh bien! monsieur, après tout, que vous importe?

— Comment?... il m'importe beaucoup!...

— Parce que vous êtes un petit esprit... un homme plein de préjugés... — Ce que vous redoutez si fort arrive quotidiennement à des gens qui vous valent et qui ne s'en portent pas plus mal.

— C'est possible, mais cela ne me convient point et ne m'arrivera pas!...

— Vous croyez ça !...

— J'en suis même sûr...

— Beaucoup de maris l'ont dit comme vous, et ça leur arrivait tout de même... — D'ailleurs, le moyen d'empêcher ce que femme veut ?

— Vous ne me quitterez plus d'une minute !...

— C'est ce que nous verrons !...

— Je veillerai sur vous nuit et jour !...

— Je m'en moque comme d'une guigne.

— Vous êtes une insolente pécore !...

— Et vous un affreux tyran !

— Je fermerai les portes sur vous !...

— Je sortirai par la fenêtre.

— Il n'y a pas de fenêtre dans la prison où je vous mettrai !

— Ah ! je suis curieuse de voir ça !

— Eh bien, voyez-le donc tout de suite !

Et Sidi-Coco, en prononçant ces derniers mots, glissait la poupée dans l'une des larges poches de son pantalon blanc.

C'est ici que la scène devenait d'abord absolument et irrésistiblement comique et ensuite presque effrayante.

On croyait voir la petite figure s'agiter, se démener, se révolter dans son cachot d'étoffe...

On l'entendait murmurer d'une voix assourdie des plaintes, des supplications, puis, du diapason de la

prière passer à celui de la fureur et proférer de gro-
tesques injures.

— Taisez-vous, impudente ! — disait le ventriloque,
— taisez-vous, ou je vais vous réduire au silence en
vous tordant le cou ! !

La poupée continuant, Sidi-Coco se mettait en
devoir d'accomplir sa menace.

Alors s'échappaient de la poche des cris aigus à
briser le tympan.

— A l'assassin ! ! au secours ! ! il me tue ! ! à mon
aide ! ! arrêtez le scélérat ! !...

Ces cris féminins s'affaiblissaient vite.—On croyait
les sentir étranglés par une main de fer dans la
gorge de la victime.

Lentement, peu à peu, ils se changeaient en
râle.

Un *couic* final se faisait entendre et la poupée ne
remuait plus.

Le brigadier se pencha vers son gendarme.

— J'en ai ma chemise trempée dans le dos !... —
lui dit-il à voix basse. — La pauvre Mariette devait
crier et râler comme ça la nuit passée, quand ce
misérable lui coupait le cou, et ce soir il fait de cette
agonie une farce de parade !... — Ce n'est pas un
homme, non, ma parole sacrée, c'est le diable ! !...

— Brigadier, vous avez raison... — répliqua le
subordonné.

Cependant la séance de ventriloquie ne pouvait finir en laissant les spectateurs sous une impression attristante.

Sidi-Coco, se reprochant d'avoir quelque peu manqué d'indulgence, tirait de sa poche la poupée sans connaissance et dont la tête pendait lamentablement, il lui tâtait le pouls, l'entourait de soins, la ranimait, la chapitrait, et en définitive pardonnait, pour le passé et pour l'avenir, à la très-grande joie des femmes qui, pensant à leurs maris, se disaient :

— C'est bien ça ! ! ils sont tous les mêmes !

Le succès du ventriloque fut complet.

Une triple salve d'applaudissements retentit au moment où il quittait la scène pour rentrer dans la coulisse et, quand il revint pour saluer le public, ces applaudissements redoublèrent.

— Jouis de ton reste, scélérat ! ! — pensa le sous-officier, — qu'est-ce qu'ils diraient, tous ces imbéciles, si je leur annonçais illico que le farceur qui les charme tant est un futur guillotiné ?

Quelques exercices dont nous n'avons pas à nous occuper, et dans lesquels Sidi-Coco ne jouait aucun rôle, terminaient la représentation.

Les deux gendarmes, sans attendre davantage, quittèrent leurs places et allèrent se poster à la droite et à la gauche d'une ouverture pratiquée dans la toile et servant de porte de sortie aux artistes.

11.

Ils étaient là depuis trois ou quatre minutes, quand un homme, qu'il leur sembla reconnaître malgré l'obscurité, quitta la baraque par cette porte.

Le brigadier, avançant d'un pas, lui barra le passage.

— Qu'est-ce que vous me voulez? — s'écria l'homme très-surpris.

— Êtes-vous le nommé Sidi-Coco? — demanda le gendarme. — C'est à lui que j'ai affaire...

— Je suis Sidi-Coco en personne.

— Alors, pas de bruit, pas d'esclandre... Nous sommes en force, je vous en préviens... Toute tentative de fuite ou de résistance serait inutile...

— Encore une fois, que me voulez-vous?

— Je vous arrête au nom de la loi!

XXII

En entendant ces mots terribles : — « Je vous arrête au nom de la loi! » — Sidi-Coco fit un bond et
parut prêt à se mettre en défense.

Le second gendarme lui posa vivement la main sur
l'épaule, tandis que le brigadier lui saisissait les
bras.

Mais déjà le ventriloque avait repris un peu de
sang-froid.

— Ah ! — fit-il, — je ne veux pas fuir... — Dans le
premier moment, vous comprenez, la surprise m'a-
vait grimpé au cerveau... — il fait noir... — Je vous
prenais pour des malfaiteurs... — Je vois maintenant
que vous êtes des gendarmes...

— Et que c'est nous qui les appréhendons au corps,

légalement, les malfaiteurs ! — dit le brigadier.

— Je n'ai commis aucune mauvaise action !... — reprit Sidi-Coco. — Donc ici, il y a erreur...

— Possible... ça ne nous regarde pas... Vous débrouillerez votre affaire avec le juge d'instruction.

— Le juge d'instruction !! — répéta le ventriloque. — Quel juge d'instruction ?

— Celui qui a signé le mandat d'amener, parbleu !!

— Vous avez un mandat contre moi ?

— Naturellement... — Pour peu que vous en ayez envie, je vous le ferai voir...

— De quoi m'accuse-t-on ?...

— Quant à ce qui est de ça, vous devez le savoir mieux que moi, attendu que je l'ignore totalement...

— Où allez-vous me conduire ?

— A Rocheville.

— A Rocheville, — balbutia le ventriloque d'une voix tremblante, puis tout bas, et comme s'il n'avait pas conscience des mots qu'il prononçait, il ajouta : — — Ah ! ce que je craignais !... l'homme a parlé !...

Le brigadier nota dans sa mémoire ces paroles étrangement semblables aux aveux que le trouble du premier moment arrache parfois aux criminels.

— En route ! — dit-il ensuite, — personne ne nous a

vus mettre la main sur vous... — moins la chose fera de bruit, mieux ça vaudra...

— Je suis prêt à vous suivre. — De quelque nature que soient les soupçons qui pèsent sur moi, il me suffira d'un instant pour démontrer mon innocence au juge qui m'entendra...

— Tant mieux pour vous !...

— Mais je ne puis paraître devant un magistrat dans ce costume de saltimbanque... — Laissez-moi changer de vêtements.

— Faudrait-il aller loin pour cela ?...

— Tout près d'ici... jusqu'à la voiture où je couche et qui renferme mes effets... — Elle est à deux pas... ce sera l'affaire d'une minute... — Oh ! ce n'est point une ruse pour essayer de vous échapper... A quoi bon ?... Avant vingt-quatre heures on m'aurait repincé dix fois !! — D'ailleurs, vous ne me quitterez pas...

— Mais, — fit observer le brigadier, — à la voiture nous rencontrerons vos camarades, et votre arrestation sera connue.

— Le spectacle n'est pas fini, nous ne rencontrerons personne, sauf une enfant aux trois quarts endormie qui garde la voiture... Si elle voit quelque chose, à coup sûr elle ne comprendra rien...

— Eh bien ! allons et dépêchons-nous...

Le ventriloque, dont chacun des gendarmes tenait

un bras, gagna l'une des longues et larges voitures servant de vestiaire et de dortoir à tous les sujets de la troupe.

Une lanterne fumeuse éclairait tant bien que mal l'entrée de ce capharnaüm.

La petite fille, sommeillant à côté du marchepied, ouvrit à moitié les yeux et les referma après avoir reconnu Sidi-Coco.

En un tour de main ce dernier dépouilla sa grotesque défroque, revêtit un pantalon de toile, une vareuse de laine bleue, se coiffa d'un chapeau mou et dit :

— Je suis prêt.

— En marche, alors, et vivement !

Le prisonnier et les deux gardiens revinrent sur leurs pas.

La représentation finissait.

Les spectateurs quittaient la baraque et se répandaient sur la place. — La légitime épouse de Jérôme Trabucos éteignait les derniers lampions. — Personne ne fit attention aux trois hommes qui se dirigeaint rapidement vers l'auberge où les attendait la carriole.

Il était en ce moment onze heures du soir et quelques minutes.

Le bidet, bien repu, sortit de la cour, conduit par le troisième gendarme.

Le brigadier tira de sa poche des objets de forme indécise.

— Vous allez monter et vous installer sur cette botte de paille, — dit-il au ventriloque, — mais d'abord, tendez-moi vos mains...

Sidi-Coco devint affreusement pâle.

— Tendre mes mains... — répéta-t-il ; — pourquoi faire ?...

— Pour vous passer aux poignets ces bracelets...

— Des menottes !! — s'écria le jeune homme avec horreur et dégoût.

— Il le faut...

— Mais pourquoi le faut-il ? — On ne met de menottes qu'aux grands coupables, aux incendiaires... aux assassins !! On épargne aux simples voleurs cette épouvantable humiliation... — Je ne suis pas un grand coupable, moi... Je ne suis ni un incendiaire ni un meurtrier... Je ne suis pas même un voleur... Je suis un honnête homme, accusé faussement de je ne sais quel délit qu'un plus attentif examen fera disparaître... — Ai-je tenté la moindre résistance tout à l'heure ? — Ayez pitié de moi... —Je ne chercherai point à fuir, je vous le jure sur mon honneur...

En entendant le ventriloque parler de son honneur, le brigadier haussa les épaules.

— C'est la consigne... — dit-il... — toutes les sup-

plications du monde ne serviraient à rien... — Marigot, apportez la lanterne...

Le gendarme qui répondait au nom si doux de
Marigot obéit sans retard et décrocha le fanal obscur
qui pendait à l'une des ridelles.

La lumière pâle de ce fanal ne montait point jusqu'au visage de Sidi-Coco, mais elle éclairait les re-
vers de sa vareuse tandis que le brigadier préparait
les menottes.

Le brave sous-officier tressaillit.

Il venait d'apercevoir un étroit ruban jaune attaché
à l'une des boutonnières.

— Qu'est-ce que c'est que ça ? — demanda-t-il en
touchant ce ruban du bout du doigt.

— Avant d'être saltimbanque j'étais soldat... —
répondit simplement le ventriloque. — Je servais
dans les zouaves... — Un jour de combat, en Afrique,
j'ai sauvé la vie à mon lieutenant... — On m'a donné
ce ruban comme récompense, c'est celui de la médaille militaire...

— Ah ! diable ! — murmura le gendarme avec plus
d'émotion qu'il n'en voulait montrer. — Ah ! vous
étiez soldat... Vous avez la médaille... Eh bien, il ne
sera pas dit que vous aurez porté en même temps ce
ruban-là et les menottes... — Je les réintègre au fond
de ma poche, les menottes...

En même temps il le fit comme il le disait.

— Merci ! — s'écria Sidi-Coco. — Vous êtes un brave homme !...

Et, oubliant sa situation actuelle, il tendit la main au brigadier qui retira vivement la sienne et qui reprit :

— Bref, je vous dispense de ces objets-là, mais faites bien attention à ce que je vais vous dire : — Je réponds de vous !... — Il faut que vous arriviez à Rocheville... — Il le faut absolument ! — Vous allez monter avec moi sur la banquette de devant... Je conduis Rougeot... — Les camarades seront derrière, le mousqueton chargé au poing... — Si vous faites mine de sauter en bas de la carriole et de nous brûler la politesse, je vous avertis qu'ils tireront sur vous comme sur un loup et vous casseront une patte ou deux...

— A quoi bon des menaces ? — répliqua le ventriloque. — Je vous ai déjà donné ma parole...

Le sous-officier haussa de nouveau les épaules, mais un peu moins haut qu'il ne l'avait fait un instant auparavant.

— Enfin, vous êtes prévenu... — dit-il. — Montez le premier...

Sidi-Coco et les trois gendarmes s'installèrent.

— Hue ! Rougeot ! — fit le brigadier, et la carriole s'ébranla.

Le bidet, gorgé d'avoine et d'ailleurs sentant

l'écurie au bout des douze kilomètres de son étape, marchait d'un bon train.

Personne ne prononçait une parole.

— C'est étonnant comme mon opinion se métamorphose au sujet de ce ventriloque... — pensait le sous-officier. — En venant, j'aurais mis au feu ma main droite qu'il avait fait le coup, et présentement c'est tout au plus si j'y mettrais ma main gauche... — Il me paraît bigrement tranquille pour un particulier pincé par la gendarmerie et qu'on ramène juste à l'endroit où la nuit d'avant il a fendu la tête du père et coupé le cou de la fille !... — Non, ma parole sacrée, ça serait trop d'aplomb !... Ça n'est pas naturel !... — Ah ! s'il sortait du bagne, on dirait : « Ça se peut ! » Mais il était soldat... — On en a vu qui tournaient mal, je le sais bien, des anciens militaires... mais au moins ils y mettaient le temps... et puis ils n'avaient point la médaille... Enfin tout ça ne me regarde pas, et c'est heureux... — J'y perdrais mon latin...

Rougeot, — la bonne bête, — ralentissait à peine son allure pour gravir les côtes les plus roides et secouait sa grelottière avec un entrain superbe.

La distance diminuait rapidement. — Avant un quart d'heure on serait à Rocheville.

Sidi-Coco rompit le silence qu'il avait gardé jusque-là.

— Brigadier, — dit-il, — j'ai un immense intérêt,
vous le comprenez, à voir bientôt le juge d'instruction qui peut me rendre la liberté sur-le-champ...
— Puis-je espérer qu'il m'interrogera cette nuit
même ?...

— Quant à ça, je n'en sais rien, — répliqua le sous-
officier. — Tout ce que je peux vous promettre, c'est
qu'il sera prévenu, illico, de notre arrivée... et par
moi personnellement...

— Me conduirez-vous devant lui ?...

— Bien entendu que, s'il me l'ordonne, je ne vous
ferai point languir...

La carriole s'arrêta. — Elle avait traversé une
partie du village silencieux et désert, et se trouvait
devant la mairie...

XXIII

La mairie de Rocheville était un assez beau bâti-
ment presque neuf et fort bien aménagé, construit
sur les plans d'un architecte de Rouen.

L'école des garçons, le logement de l'instituteur
et la salle des séances du Conseil municipal se trouvaient au premier étage.

Les deux pompes à incendie et tous leurs apparaux
occupaient une grande remise au rez-de-chaussée.

A côté de cette remise on avait ménagé une pièce
étroite et longue, mal éclairée par une très-petite
fenêtre garnie de barreaux solides, et fermée par une
porte épaisse munie de bons verrous et d'une forte
serrure.

Ce réduit servait de prison ou, pour mieux dire, de

violon, et jamais, jusqu'à ce jour, un malfaiteur de quelque importance n'en avait franchi le seuil.

Deux ou trois vagabonds et une demi-douzaine d'ivrognes trop tapageurs étaient les seuls délinquants dont ses murailles grises eussent gardé le souvenir.

Un lit de camp en bois presque brut, pareil à ceux des corps dé garde, une chaise et une cruche composaient son mobilier.

Le brigadier alluma une lanterne, ouvrit la porte de la prison communale et fit passer Sidi-Coco devant lui.

— Étendez-vous là-dessus, — dit-il en désignant le lit de camp, — et tâchez de faire un somme... — Marigot s'arrangera de la chaise et ne fermera pas l'œil... — Un gendarme ne connaît que la consigne, et la sienne est de vous garder à vue... — Je vais trouver le juge d'instruction... — Aussitôt qu'il lui plaira de m'entendre, on viendra vous chercher... — Du reste ne vous faites point de mal, et répétez-vous bien que si votre conscience est tranquille vous n'avez pas grand'chose à craindre.

— Ma conscience est tranquille, — répliqua le ventriloque avec amertume, — et cependant je suis prisonnier, je suis gardé à vue et, si vous n'aviez eu pitié de moi, j'aurais porté les menottes infamantes.

— Mais vous ne les avez point portées, — reprit le

sous-officier, — et vous m'obligerez même beaucoup
en ne touchant mot de ma complaisance devant le
juge d'instruction.

— Ah ! soyez sans crainte, je ne vous compro-
mettrai pas...

Le brigadier sortit, referma la porte à double
tour, poussa les verrous et mit la clef dans sa poche.

Il n'avait que la place à traverser pour arriver à la
maison de M. le maire.

Jean-Marie, le groom rustique, lui vint ouvrir en
se frottant les yeux.

Ce jeune garçon, qui généralement gagnait son lit
à neuf heures très-précises, était de fort méchante
humeur de se voir sur pied à minuit passé ; — il semblait d'ailleurs dormir tout debout.

— Va-t-on enfin se coucher ? — demanda-t-il.

— Je n'en sais rien, et ça ne me regarde pas... —
répondit le brigadier, — je viens parler au juge
d'instruction... — Où est-il présentement ?

— Dans sa chambre... la plus belle chambre,
pardine !! — On a mis toute la maison sens dessus
dessous !! — Je vais vous conduire. — Il est avec
l'homme de Paris, — le mouchard, vous savez bien —
En voilà une journée !! — Et quand on pense que
monsieur m'a donné l'ordre que Pomponnette soit
dans les brancards à cinq heures du matin, pour
porter une dépêche à Malaunay !...

« Autant ne pas se coucher, alors ! ! merci ! Si ça continue, faudra voir à ce qu'on augmente mes gages, sinon je lâche la baraque et je m'en vais à Rouen me mettre garçon de café... ah ! mais, oui ! et je changerai de nom ! Jean-Marie ne me va plus... ça sent la campagne... je me ferai appeler Ugène...

— Ça ne me regarde pas... — répéta le brigadier.

— Bien entendu... — Je vous parle comme je me parlerais à soi seul...— Tenez, voilà la porte du juge. — Finissez-en vite, brigadier, si c'est possible, afin qu'on se couche, il est temps ! !

Les paroles qui précèdent s'étaient échangées, ou plutôt le monologue de Jean-Marie avait eu lieu en montant l'escalier qui conduisait au premier étage. Ajoutons que le groom champêtre, tenant son flambeau d'une main paresseuse et maladroite, arrosait de bougie chaque marche.

Le sous-officier frappa discrètement à la porte désignée.

— Entrez...— répondit une voix depuis l'intérieur.

Il ouvrit et se trouva en présence du magistrat, assis auprès d'une petite table sur laquelle étaient étalés les procès-verbaux rédigés par le greffier, et la lettre de M. Domerat à Georges Pradel.

Jobin se tenait debout de l'autre côté de cette table.

Le juge d'instruction semblait sombre et préoccupé.

— Ah! c'est vous, brigadier?... — dit-il. — Eh! bien?...

— Eh! bien, mon magistrat, tout s'est passé le mieux du monde... Nous revenons un peu tard, mais c'est que vous nous aviez donné la consigne d'attendre la fin de la représentation pour empoigner l'homme...

Jobin tressaillit.

— Ainsi, vous l'avez? — s'écria-t-il comme malgré lui.

— Certainement que nous l'avons, et même que Marigot le garde à vue dans la prison de la mairie...

— A-t-il tenté quelque résistance? A-t-il essayé de fuir? — demanda le juge.

— Ah! non, par exemple!... — Doux comme un mouton... — Très-surpris... — Bien vexé, et c'est naturel... mais pas effrayé du tout... — Il a l'air de ne point se douter le plus petitement de ce qu'on lui veut ici... — C'est un ancien soldat, ce Sidi-Coco... un zouave... — Il a sauvé son officier en Afrique, à ce qu'il dit... Il a la médaille militaire... — Si j'osais me permettre d'avoir une opinion, je croirais que c'est peut-être un brave homme...

Jobin rayonnait.

Le magistrat fit un haut-le-corps.

— Un brave homme!! lui!! — répéta-t-il. — Allons donc!!...

— Eh! oui, monsieur le juge d'instruction, un brave homme!! — répliqua l'agent de la sûreté. — S'il avait deux assassinats sur la conscience et trois cent cinquante mille francs dans ses poches, il n'aurait point attendu la gendarmerie... il serait loin!

Le magistrat, sans répondre à Jobin et s'adressant au brigadier, reprit :

— Des détails?...

Le gendarme raconta longuement ce que nous avons raconté nous-mêmes, ne passant sous silence que l'épisode des menottes.

Il termina en affirmant que le prisonnier désirait avec ardeur comparaître sans retard devant celui qui d'un mot pouvait le rendre libre, et il ajouta :

— Dois-je l'amener?

Le juge secoua la tête.

— Non, pas maintenant, — répondit-il, — et j'ai mes raisons, mais je l'interrogerai demain, ou plutôt ce matin, dès la première heure, non dans cette maison mais au château... — Je crois avoir un moyen sûr de le contraindre à se trahir s'il est coupable, et je lirai la vérité dans son attitude et dans ses regards, si sa bouche s'obstine à mentir au moment de la terrible épreuve...

— Monsieur le juge d'instruction m'autorise-t-il à voir le prisonnier? — demanda le policier.

— Non! — répliqua le magistrat vivement. — J'ai

12

toute confiance en vous, Jobin, vous le savez à merveille, et mon refus ne peut vous blesser... — Pour des motifs que vous connaîtrez bientôt, je tiens à ce que personne, sans exception, ne communique avec le prévenu... — J'exige le secret rigoureux, et le brigadier va donner l'ordre au gendarme qui veille sur le prisonnier de ne répondre à aucune de ses questions, cette question fût-elle en apparence de tout point insignifiante...

— Suffit, mon magistrat, — répondit le sous-officier, — on s'y conformera...

— Quant à vous, brigadier, venez prendre mes ordres à cinq heures du matin, ici...

— J'y serai, mon magistrat...

Le gendarme fit le salut militaire et quitta la chambre.

Il retrouva dans le couloir Jean-Marie accroupi, et plus qu'aux trois quarts endormi, qui se réveilla pour demander d'une voix dolente et rageuse à la fois :

— Enfin, se couche-t-on ?

Le groom rustique n'obtint que cette réponse qui semblait stéréotypée sur les lèvres du brigadier :

— Ça ne me regarde pas...

— Monsieur le juge d'instruction, — dit Jobin, — je vais avoir l'honneur de prendre congé de vous...
— Je serai à vos ordres, moi aussi, à cinq heures du matin, mais on me trouverait à l'auberge de la

Pomme sans pépins, si par hasard vous aviez besoin de moi plus tôt...

— J'ai besoin de vous tout de suite... — répliqua le magistrat.

— Que dois-je faire ?

— Asseyez-vous là, prenez une plume et écrivez...

— Que dois-je écrire ?

— Le texte d'une dépêche adressée au chef de la sûreté, en double expédition, à la préfecture de police et à son domicile particulier, afin qu'il se rende au Grand-Hôtel sans perdre une minute, qu'il demande ce qu'est devenu Georges Pradel et qu'il me télégraphie à l'instant même les renseignements obtenus...

Jobin faisait déjà courir la plume sur le papier.

— Voilà... — dit-il quand il eut achevé, en présentant la feuille au juge d'instruction.

— C'est cela même... — fit ce dernier. — A cinq heures du matin on portera cette dépêche à Malaunay... — Avant neuf heures nous pourrons avoir la réponse... — Bonsoir, Jobin... — Reposez-vous un peu, je vous le conseille, car la journée de demain, je le prévois, sera fatigante...

— Rien ne me fatigue... — répliqua l'agent. — Je suis d'acier... — C'est mon état qui veut ça, et j'avais la vocation.

Tout en regagnant l'auberge de la *Pomme sans pépins*, le policier se disait :

— Notre cher juge aura beau faire, il ne parviendra pas à établir que le ventriloque est coupable et, quant à Georges Pradel, les choses qui me semblaient si claires le sont décidément beaucoup moins qu'elles n'en ont l'air! — Pourquoi ce lieutenant a-t-il dit son nom tout haut devant Jean Pauquet? — Pourquoi a-t-il oublié son porte-cigares dans sa chambre? — Pourquoi n'a-t-il pas jusqu'au bout brûlé la lettre de son oncle? — Pourquoi? pourquoi? pourquoi? — Je ne sais si ma tête s'affaiblit, mais il me passe en ce moment d'étranges idées dans la cervelle!! — Ah! bah! n'y pensons plus... il fera jour demain!!

XXIV

Le docteur Grenier avait remis son rapport au juge d'instruction au moment où l'on achevait de dîner chez M. Fauvel.

De ce rapport il résultait que Jacques Landry et Mariette ayant, — d'après la déclaration de la petite Gervaise, — pris leur dernier repas à sept heures du soir, le double assassinat s'était consommé vers minuit.

En conséquence, le meurtrier avait eu bien des heures de profondes ténèbres à sa disposition pour quitter le château et s'éloigner du théâtre de son crime.

— Il aura filé à Malaunay comme une balle, — pensait Jobin, — et pris un train quelconque, mon-

12.

tant vers Paris ou descendant vers le Havre... — Peut-
être est-il embarqué déjà sur un vapeur transatlan-
tique. — Si cela est nous le saurons, et la télégraphie
sous-marine nous permettra de le faire pincer à son
débotté...

À cinq heures du matin, le maussade et endormi
Jean-Marie prenait avec Pomponnette le chemin
de la station d'où la dépêche de Jobin devait partir.

En même temps le brigadier venait se mettre aux
ordres du juge d'instruction déjà réveillé.

— Commandez trois de vos hommes, — lui dit ce
dernier, — placez le prisonnier au milieu de vous et
conduisez-le au château en ayant soin d'éviter toute
communication entre lui et les gens du village... —
Empêchez qu'on lui parle... — Imposez silence à
quiconque lui adresserait une question ou une in-
jure... — Une fois là-bas, qu'on le garde à vue dans
le vestibule comme on le gardait à la mairie, et qu'on
m'attende...

— Suffit, mon magistrat...

Sidi-Coco venait de passer une triste nuit.

Son agitation, ses angoisses étaient d'abord devenues presque effrayantes en voyant que le juge d'instruction ne le faisait point appeler.

Puis, peu à peu, à mesure que s'écoulaient les
heures, cette crise de colère et de désespoir s'était
amoindrie, et vers le matin une prostration physique

et morale à peu près complète succédait à l'effroyable surexcitation nerveuse du commencement de la nuit.

Quant au point du jour le brigadier entra dans la prison communale avec trois hommes et dit : — « Nous venons vous chercher... » — le ventriloque se ranima.

— Où me conduisez-vous ? — demanda-t-il.

— Vous le verrez.

— Le juge d'instruction m'attend, n'est-ce pas ?

— Peut-être oui, peut-être non...

— Vais-je enfin savoir de quoi l'on m'accuse ?

— C'est probable...

Après avoir formulé ces réponses peu compromettantes, le sous-officier ajouta :

— Silence dans les rangs ! plus un mot présentement ! Pas accéléré ! Arrrche ! !...

Et les quatre gendarmes, serrant étroitement le prisonnier, prirent la direction du château qu'ils atteignirent sans avoir rencontré plus de cinq ou six villageois qui, la bouche béante et les prunelles dilatées, firent halte pour les voir passer et les suivirent longtemps des yeux.

Jobin se trouvait déjà dans le vestibule où on introduisit le prisonnier, mais, esclave comme un soldat de la consigne donnée par le magistrat, il ne lui adressa point la parole.

Sidi-Coco, à qui le brigadier intima l'ordre de s'asseoir sur une banquette, s'écria :

— Je ne vois pas le juge!... — Va-t-il enfin venir m'entendre? — Pour l'amour de Dieu, qu'il se hâte! il me semble que je deviens fou!!

— Patience! — répliqua le sous-officier. — Sacre-bleu, vous avez été soldat! Soyez homme!!...

— Et Jacques Landry, — reprit le ventriloque, — sait-il que je suis arrêté et que je suis ici?... — Il me connaît bien, Jacques Landry, quoiqu'il ne m'aime pas beaucoup... — Ne puis-je le voir? Je voudrais lui dire un mot... rien qu'un mot...

Les gendarmes, en entendant Sidi-Coco prononcer le nom de Jacques Landry, échangèrent un regard chargé d'indicible stupeur.

— Tonnerre du diable! — murmura l'un d'eux, — voilà un rude gaillard, et qui sait bien son rôle!!

Le ventriloque, comprenant qu'on ne lui répondrait pas, appuya ses coudes sur ses genoux et cacha son visage dans ses mains.

Il était depuis plus d'une demi-heure immobile en cette attitude. — On ne le sentait vivant qu'en voyant ses épaules agitées par une sorte de tressaillement convulsif.

Le juge d'instruction entra, escorté de son greffier.

En entendant les pas des nouveaux venus retentir

sur les dalles du vestibule, le prisonnier releva la tête.

Il devina qu'il se trouvait en présence du magistrat de qui son sort allait dépendre ; il se dressa par un élan si brusque que deux gendarmes se rapprochèrent de lui avec défiance, et il s'écria :

— C'est par votre volonté, monsieur, qu'hier au soir on est venu s'emparer de moi ! C'est par votre volonté que, depuis tant d'heures, je suis prisonnier !... N'est-il pas juste qu'on m'apprenne ce que j'ai fait pour mériter cela ? N'est-il pas juste qu'à la fin on me dise de quoi l'on m'accuse ?

Le juge d'instruction qui s'installait derrière la table carrée, transformée le veille en bureau, fronça le sourcil et répliqua sèchement :

— Vous êtes ici pour me répondre et non pour me questionner ! — Gendarmes, faites approcher cet homme... — Greffier, écrivez...

Le ventriloque s'avança et se tint debout, en face du juge.

Il était placé de telle sorte que la lumière vive et crue tombant de l'une des larges fenêtres éclairait en plein son visage pâle.

Ses yeux ne s'abaissèrent point sous le regard acéré que le magistrat attachait sur lui.

— Je sais tout le respect qu'on doit à la justice, même quand la justice se trompe... — dit-il. — In-

terrogez-moi donc, monsieur, je vous répondrai sincèrement...

— Votre nom? — commença le juge, tandis que le
greffier trempait sa plume dans l'encre.

— Anthime Coquelet.

— Votre âge?

— Vingt-sept ans.

— Où êtes-vous né?

— Au Havre.

— Avez-vous une famille?

— Je suis orphelin depuis longtemps, et d'ailleurs
enfant naturel... — Je n'ai jamais connu que ma
mère...

— Votre profession?

La pâleur du ventriloque s'empourpra.

— Pour le moment, — murmura-t-il, — attaché à
la troupe du saltimbanque Jérôme Trabucos... —
Auparavant j'étais soldat...

— C'est bien vous qu'on désigne par le sobriquet
de Sidi-Coco?

— Oui.

— D'où vient ce sobriquet?

— Aux zouaves et aux turcos, en Afrique, nous
avions coutume, par plaisanterie, de mettre le mot
de *Sidi* devant les noms des camarades... — On a
commencer par m'appeler « Sidi-Coquelet, » puis
petit à petit « Sidi-Coco », histoire de rire... — Je

me suis habitué à m'entendre appeler ainsi, et j'ai
gardé le sobriquet.

— Quand avez-vous quitté le service ?

— Il y a huit mois.

— Après vos sept ans achevés ?

— Non. — Je n'ai pas fait un congé complet. —
J'avais tiré un bon numéro. — Je me suis vendu
pour remplacer un jeune homme enrichi par héri-
tage et qui voulait rentrer dans le civil... — J'ai fait
quatre ans...

— Quel est ce ruban que je vois à votre vareuse ?

— Celui de la médaille militaire.

— Avez-vous réellement le droit de le porter ?

— Oh ! ça, oui, monsieur, j'ai ce droit ! et personne au monde ne l'a mieux que moi !

— La preuve ?

— Mon brevet est au fond de ma malle, à Saint-
Avil, avec mon congé et mon certificat de bonne
conduite...

— Qu'avez-vous fait pour mériter cette distinc-
tion ?

— J'ai sauvé dans un combat la vie de mon lieutenant, au péril de la mienne... — J'ai même reçu ce
jour-là sur l'épaule un coup de yatagan qui se portait bien, et deux balles dans le ventre... On a cru
que je n'en reviendrais pas...

— Votre lieutenant vit-il encore ?

— Ah ! oui, pardieu, il vit, et c'est un fier lapin !...

— Comment se nomme-t-il ?

— Vous allez trouver que c'est drôle... — Mon lieutenant est le propre neveu de M. Domerat, chez qui nous sommes en ce moment, et il se nomme Georges Pradel...

Ce nom, prononcé à l'improviste en de telles circonstances, produisit un effet inouï.

Le juge d'instruction tressaillit violemment, comme si quelque obus venait d'éclater à côté de lui.

Le greffier laissa tomber sa plume qui fit sur le procès-verbal un large pâté d'encre.

Jobin lui-même, si impassible d'habitude, tracassa le binocle trônant sur son nez d'une façon presque invariable, et ce geste était chez lui l'indice d'un grand étonnement et d'une émotion vive...

Il y avait de quoi s'étonner et s'émouvoir en effet.

Georges Pradel et Sidi-Coco se connaissaient !!!

Cette découverte inattendue démolissait de fond en comble l'échafaudage de suppositions laborieusement construit par le policier depuis la veille, et faisait table rase de ses convictions les mieux arrêtées.

Désormais la culpabilité de Georges Pradel lui paraissait indiscutable, et la complicité de Sidi-Coco, — à laquelle, nous le savons, il avait absolument refusé de croire jusque-là, — lui semblait possible et probable.

— Hier, — pensa-t-il, — je me suis emballé comme un nigaud !! — Est-ce que, par hasard, je baisserais ?...

Le juge d'instruction lui lança un regard triomphant et presque railleur.

Sous le choc de ce regard, Jobin baissa la tête avec humilité.

Le brigadier, lui, regrettait fort de n'avoir pas mis la veille au soir les menottes à Sidi-Coco, qui, — maintenant il n'en doutait plus, — les méritait si bien !!

13

XXV

Après quelques secondes de silence éloquent, le juge d'instruction reprit l'interrogatoire interrompu.

— Ainsi, — demanda-t-il, persuadé qu'on ne pouvait trop insister sur ce point, — c'est bien au lieutenant Georges Pradel, neveu de M. Domerat, que vous avez sauvé la vie ?

— A lui-même, — répondit Sidi-Coco.

— Et sans doute ce jeune officier s'est montré reconnaissant, comme il le devait, du dévouement dont vous avez fait preuve ?...

— Lui ?... M. Georges ?... reconnaissant ?... Ah ! je crois bien !! — C'est un cœur d'or ! il n'a pas son pareil !! Pendant que j'étais à l'hôpital, il venait me voir trois fois par jour... — Je me sentais confus d'une bonté si grande car, après tout, je n'avais fait

que mon devoir de soldat en me jetant entre lui et
l'ennemi... — Et, depuis, il m'a traité véritablement
comme un frère... — Il s'est opposé tant qu'il a pu
à mon départ du régiment...

— Pourquoi donc avez-vous quitté le service?...

— Que voulez-vous, c'était plus fort que ma volonté!... — Tous les raisonnements de la terre n'y
pouvaient rien... — Quelque chose me rappelait en
France...

— Quelle était cette chose?...

— C'est des affaires intimes et qui ne regardent
que moi...

— La justice veut et doit tout connaître... — Il
faut répondre et ne rien cacher...

Le ventriloque baissa les yeux en rougissant visi-
blement.

— Monsieur le juge, — murmura-t-il, — j'étais
amoureux... — Cela peut arriver à tout le monde,
n'est-ce pas?...

— Amoureux de qui?

— D'une jeune fille, parbleu!... et d'une honnête
fille, qui plus est!!...

— Son nom?...

— Faut-il absolument vous le dire?...

— C'est indispensable.

— Eh! bien, elle s'appelle Mariette Landry... —
balbutia Sidi-Coco d'une voix presque indistincte.

Le magistrat s'attendait à la réponse de Sidi-Coco.
Il ne manifesta donc aucun étonnement.

— Depuis quand connaissez-vous cette personne ?
— reprit-il.

— Depuis cinq ans... C'est même à cause d'elle
que je me suis engagé comme remplaçant...

— Expliquez-vous...

— Il faut que vous sachiez, monsieur le juge, que
Jacques Landry est un ancien matelot... — Il était
contre-maître à bord d'un des navires de M. Domerat, et presque toujours en voyage... — Mariette,
sa fille, demeurait au Havre avec une vieille parente... — Moi aussi je suis un enfant du Havre où
j'ai vécu, du plus loin que je me souvienne, en faisant sur les quais trente-six métiers dont le meilleur
ne valait pas grand'chose... — Je pilotais les étran-
gers par la ville... — J'aidais à décharger les navires... — Je portais des malles au chemin de fer...
— Je servais de garçon d'extra dans les hôtels quand il
y avait encombrement... — Je vendais des perruches
ou de petits havanais sur la jetée pour le compte des
marchands de chiens et d'oiseaux qui m'allouaient
une remise... — Je gagnais quelques sous, le soir,
dans les cabarets de matelots, à donner des séances
de ventriloquie, car je suis ventriloque de nature et
je serais bien embarrassé de dire comment ça m'est
venu... — Bref, je ne mourais pas absolument de

faim, en me donnant beaucoup de mal ; mais, faute d'un métier véritable j'avais, passez-moi le mot, la réputation d'un « faignant... »

— Réputation qui vous valut sans doute à plus d'une reprise de fâcheux démêlés avec la police locale ?... — interrompit le juge d'instruction.

— Jamais ! — s'écria Sidi-Coco, — jamais, je le jure ! — Je défierais mon plus grand ennemi, si j'en avais un, de dire n'importe quoi sur mon compte !!...

— Votre sommier judiciaire m'apprendra si je dois vous croire à cet égard... — Continuez...

— Je rencontrais souvent Mariette... — Elle était couturière de son état et s'en allait faire des journées chez les dames de la ville... — Je perchais dans un galetas tout près du logement de sa vieille parente... — C'est une belle fille, Mariette... et une brave fille... et une fille sage... — Elle s'arrêtait de temps en temps pour causer avec moi de bonne amitié, comme on cause avec un voisin... — Un jour je m'aperçus que j'étais toqué d'elle à en perdre la tête... — J'aurais bien voulu le lui dire mais, chaque fois que j'essayais de défiler le premier mot de mon chapelet, je sentais je ne sais quoi me serrer tout à coup le gosier et me couper net la parole, et je m'en allais tout penaud sans avoir seulement entamé ma déclaration.... — Ça ne m'empêchait pas de me toquer de plus en plus... — J'en perdais le boire et le manger...

le sommeil aussi... Je suivais Mariette comme
son ombre et, quand elle entrait dans la maison
d'une de ses pratiques, elle était bien sûre de me retrouver à la porte, montant la garde, au moment où
elle en sortait...

— Cette poursuite incessante devait étrangement
lui déplaire, si elle ne l'encourageait pas ! — fit le
juge d'instruction.

— Je crois qu'elle ne lui plaisait pas beaucoup, —
répliqua le ventriloque, — mais elle ne pouvait s'en
offenser, car jamais amoureux ne fut moins hardi
que je ne l'étais et ne témoigna plus grand respect

« Sur ces entrefaites, Jacques Landry revint d'un
voyage qui avait duré près d'un an.

« Il devait passer au Havre quelques semaines et
s'installa chez la vieille parente.

« Je pensai tout de suite que l'occasion ne se re-
présenterait peut-être pas de sitôt de me faire bien
venir du brave homme, et qu'il ne fallait point la
laisser échapper, et je mis à rôder autour de lui,
comme je rôdais auparavant autour de sa fille. — Je
l'abordais à propos de rien... je le questionnais sur
ses voyages... — les marins, généralement, racontent
volontiers ce qu'ils ont vu... mais il est ours de ca-
ractère et pas causeur, le vieux matelot, vous le savez
peut-être... — Cependant il me recevait assez bien,
sauf quand j'entreprenais de lui faire la politesse

d'une chope ou deux. — Alors il me refusait tout
net. — « Gardez votre argent, — me disait-il, — vous
n'en avez pas trop ! ! »

« Les semaines passaient... — Je pris un soir mon
courage à deux mains... — J'avalai un grand verre
d'eau-de-vie de cidre pour me donner du cœur... —
J'allai chez la vieille parente et, devant elle et Mariette, je me proposai à Jacques Landry pour épou-
seur...

« La vieille joignit les mains d'un air scandalisé.
— Mariette se sauva dans sa chambre, et Jacques
Landry me répondit d'un ton bourru :

« — Ou vous avez la tête à l'envers, ou vous pensez que je suis fou ! ! — Vous êtes sans le sou, sans
profession, sans avenir... — Je vous crois honnête au
fond, n'ayant du contraire aucune preuve, mais la
paresse, un jour ou l'autre, peut vous conduire à mal.
A douze ans, moi, j'étais mousse, et je faisais à
bord la besogne d'un homme... — A votre âge j'étais
timonnier... — Qu'est-ce que vous êtes ?... — Vous
vivez de brocantes et de hasards, et vous parlez d'entrer en ménage ! !.. — Avec quoi nourrirez-vous
votre femme le lendemain des noces, s'il vous
plaît ?...

« — Ah ! — balbutiai-je, — je travaillerai... je serai courageux...

« — Vous ne savez rien faire, et le courage ne

s'improvise pas quand on a bricolé pendant vingt ans... — Vous donner Mariette ! Allons donc ! ! — J'aimerais mieux la condamner à rester fille pour le reste de ses jours ! !

« — Mais si je devenais quelque chose ?...

« — Eh bien ! devenez « quelque chose, » si vous pouvez... — Nous causerons après... — Bonsoir...

« Je m'en allai désespéré.

« J'aimais Mariette éperdûment... Je l'aimais d'autant plus qu'on me la refusait ; mais au fond je comprenais bien que Jacques Landry avait raison, et qu'un vieux travailleur comme lui ne pouvait accepter pour gendre un « propre à rien » de mon espèce...

« L'idée me vint de piquer une tête dans le bassin de la Floride, à marée haute, avec un galet de cinquante livres au pied gauche... — Peut-être que je l'aurais fait car je ne tenais plus à la vie, mais j'appris le lendemain qu'un jeune soldat d'Ingouville, enrichi par la mort d'un oncle, voulait acheter un remplaçant...

« Un soldat devient caporal, un caporal devient sergent, un sergent devient officier... — C'est un état, cela... un bel état, dit la chanson...

« Je pensai que si j'avais seulement un galon sur ma manche, Jacques Landry ne ferait plus fi de moi...

« Je m'offris pour faire les quatre ans de l'héritier.
— On m'accepta, on me paya, et je partis pour l'Algérie avec ma feuille de route dans ma poche et mes
quinze cents francs, qu'un filou me vola sur le port,
à Marseille, ce qui me parut d'un mauvais présage
car je comptais sur cet argent-là pour m'établir en
quittant le service... »

Sidi-Coco s'interrompit.

— Ceci m'explique votre départ, mais non votre
retour... — dit le juge d'instruction.

— Voilà... — reprit le ventriloque ; — Il y a des
gens, — moi qui vous parle, j'en connais, — dont
le cœur est un omnibus... — Une voyageuse descend... une autre monte... toujours complet!! — Je
ne suis point bâti comme ça... — Je ne pouvais pas
oublier, et toujours, plus que jamais, je pensais à
Mariette dont je n'avais aucune nouvelle... — A elle
je rapportais toutes choses... — Quand on me donna
la médaille, j'en fus surtout joyeux parce que ce
bout de ruban, je le croyais, me rapprochait d'elle...
— J'avais des envies de déserter... de passer la mer...
de courir au Havre. — Je me disais : — « On me ju-
gera, et on me fusillera après si on veut!... ça m'est
bien égal!... — Je l'aurai revue! » C'était de la folie,
n'est-ce pas?... — Que voulez-vous, je l'adorais, et
quand on adore on est fou...

« Le temps marchait en se traînant. — Le dernier

13.

jour de mes quatre ans expira il y a huit mois... —
J'étais libre ! — J'embrassai mon lieutenant, qui se
figurait me tenter en me parlant des chances d'un
avancement prochain... — Ah ! je m'en moquais, de
l'avancement ! — Je partis... J'arrivai...

« Si quelqu'un m'avait fait beaucoup de mal, je ne
me sentirais pas le courage de souhaiter pour lui la
déception qui m'attendait.

« La vieille parente vivait encore, mais toute seule
dans son logis... — Jacques Landry et Mariette n'é-
taient plus au Havre... — Je priai cette femme, je la
suppliai, les mains jointes, les larmes aux yeux, de
m'apprendre où il me serait possible de les rejoindre... — Elle le savait certainement, et pourtant elle
fut sans pitié... — Peut-être Jacques lui avait-il
commandé de se taire si je revenais.

« Elle obéit à cette consigne, elle refusa de me répondre, et personne au monde ne pouvait me ren-
seigner. »

XXVI

— Quand on a été soldat et qu'on a vu la mort de
près, on ne songe plus à se tuer... — poursuivit
Sidi-Coco, — et d'ailleurs je me figurais qu'un jour
ou l'autre je retrouverais Mariette... — Seulement il
fallait avoir le moyen de courir le monde à sa recherche, et j'étais sans sou ni maille...

« Ah ! c'est alors que je regrettai mes quinze
cents francs, qui m'auraient permis de faire bigrement du chemin, à pied et le sac sur le dos !

« Comment gagner de quoi ne pas mourir de faim
et de quoi économiser un petit magot ?...

« Je recommençai l'un après l'autre tous mes pauvres métiers d'autrefois, et je retournai le soir dans
les cabarets de matelots faire le ventriloque.

« Un vieux sergent des zouaves ayant tenu garnison à Paris il y a longtemps, se rappelait les exercices de « l'Homme à la Poupée, » au Palais-Royal. — Il m'avait expliqué la chose... — Je fabriquai une petite bonne femme en bois, je l'habillai de mon mieux, je composai une façon de dialogue que je débitai, et avec tout ça j'obtins beaucoup de succès et je récoltai pas mal de gros sous...

« Jérôme Trabucos, — un brave homme, je vous assure, — directeur de la troupe à laquelle j'appartiens présentement, m'entendit un soir, et séance tenante me fit des propositions...

« Les saltimbanques, ne passant jamais plus de quelques jours dans le même endroit, voyent beaucoup de pays... — Ça m'allait... — J'acceptai les offres du père Jérôme, mais j'eus soin de mettre dans mon engagement que je pourrais quitter la troupe en prévenant huit jours d'avance... Je savais bien que l'état de bateleur ne plairait ni à Jacques Landry, ni à Mariette, et je voulais reprendre possession de moi-même sitôt que je les aurais retrouvés...

« Pendant six ou sept mois je courus les foires avec la troupe sans rien découvrir, mais je ne désespérais pas...

« Enfin, il y a quatre soirs, ici même, au beau milieu de la séance, je vis tout à coup Mariette assise en face de moi sur une banquette de la baraque... —

Elle m'avait reconnu du premier coup d'œil et fronçait le sourcil en me regardant.

« Ça me donna un rude coup de tampon en pleine poitrine... — Mon cœur se serra comme si on l'avait pris dans un étau... — Je perdis la voix... — Je perdis la tête... — je laissai tomber ma poupée, et il fallut que Jérôme Trabucos en personne arrivât sur les planches à côté de moi pour me remonter un peu le moral.

« Mariette sortit avant la fin du spectacle avec une petite fille qui l'accompagnait.

« Je la guettais, bien entendu... Je la suivis... Je la rejoignis et je lui parlai... — Elle m'accueillit assez mal... — Elle ne voulait pas m'entendre, et comme je lui disais que je l'aimais encore plus qu'autrefois, et que je la voulais toujours pour femme, elle répliqua que j'avais grand tort de m'obstiner à penser à elle et que certainement son père, connaissant mon nouveau métier, me mettrait à la porte si j'osais me présenter devant lui... — J'eus beau lui promettre qu'avant huit jours je ne paraîtrais plus en public, elle me quitta brusquement, en me défendant de la suivre.

« Ça me parut bien dur, mais sans me décourager cependant... — Rien ne pouvait m'ôter l'espoir... — Mariette retrouvée, c'était le principal... — Je comptais sur l'avenir... J'y compte encore... j'y

compterai aussi longtemps que je serai en vie et que
Mariette restera fille...

« Bref, le même soir, je signifiai à Jérôme Trabucos qu'il eût à me remplacer sans retard, car au milieu de la semaine qui vient je cesserais de faire partie
de sa troupe...

« Et voilà la vérité vraie, monsieur le juge, la
vérité toute entière... — Je n'ai rien de plus à vous
dire... »

Le magistrat attacha sur Sidi-Coco un regard in-
quisiteur et sévère.

— Rien de plus!! — répéta-t-il. — En êtes-vous
bien sûr?...

— Très-sûr... — murmura le ventriloque avec un
embarras manifeste.

— Ainsi vous prétendez n'avoir point revu Mariette Landry depuis ce court entretien où elle vous
a mal accueilli?

— Je l'affirme...

— Vous niez vous être rapproché d'elle, avec ou
sans son consentement?

— Je le nie...

— Eh bien! non-seulement cette réponse est un
mensonge, mais encore elle est une maladresse!!

— Interrogez Mariette, monsieur le juge... — Vous
verrez que je ne mens point...

— Comment expliquez-vous alors la déposition

d'un témoin, Andoche Ravier, qui se trouvait à deux pas de vous quand vous êtes sorti furtivement du parc dans la soirée du 24 au 25... — Ce témoin ne peut se tromper en affirmant qu'il vous a reconnu...

— La flamme d'une allumette éclairait votre visage au moment de la rencontre...

Sidi-Coco voyait maintenant le péril en face et, grâce à son ignorance de la situation, ce péril ne lui paraissait pas bien grand. — Un simple délit, croyait-il, motivait son arrestation.

Il reprit son sang-froid et répondit nettement :

— J'ai nié et je nie plus que jamais avoir eu avec Mariette un entretien nouveau, mais j'avoue m'être introduit dans la propriété de M. Domerat, et en cela j'ai eu grand tort.

— Donnez-moi l'emploi de votre temps, de la façon la plus exacte, heure par heure et, si c'est possible, minute par minute, pendant la soirée et pendant la nuit d'avant-hier, — commanda le juge d'instruction.

— C'est facile...

— Faites-le donc !

— La troupe et le matériel ont quitté Rocheville avant-hier dans la matinée...—commença Sidi-Coco.

— Vous êtes resté seul en arrière?

— Nullement. — Je suis parti avec tout le monde et j'ai aidé les camarades à installer la baraque sur la place de Saint-Avit... — Il n'y avait point de représentation ce soir-là... — L'idée me passa par la tête, à la nuit tombante, de retourner d'où je venais et d'essayer de parler à Mariette, ne fût-ce que pendant cinq minutes... — Mais le moyen? — L'étape est de douze kilomètres... — Si je la faisais à pied, j'arriverais trop tard et Mariette serait couchée... — J'allai à l'auberge du *Bœuf-Rouge* et je demandai si on voulait me louer un cheval.

« L'aubergiste était en train d'atteler son bidet à sa carriole.

« — Où voulez-vous aller? — me demanda-t-il.

« — A Rocheville.

« — Et vous y resterez longtemps?

« — Une heure à peine.

« — Comme ça se trouve!... justement j'y vais, moi, à Rocheville, et je n'y passerai pas plus d'une heure, ayant une petite affaire à traiter avec mon confrère de la *Pomme sans pépins*. — Je vous emmène, je vous ramène, et ça vous coûtera quarante sous, tandis que pour vous louer la carriole je vous aurais demandé dix francs... — Ça vous va-t-il?

« — Mais je le crois bien que ça me va!!

« — Alors, montez...

« Je ne me le fis pas répéter deux fois, — je m'installai près du brave homme et le bidet fila comme un lièvre...

« A l'entrée du bourg je me fis descendre, en disant à l'aubergiste :

« — Vous me reprendrez ici dans une heure...

« — C'est convenu, » — me répondit-il.

Jobin, debout, à côté du magistrat, écoutait le récit de Sidi-Coco avec un air de stupeur qui touchait presque à l'ahurissement.

— Est-ce que mon bel échafaudage va s'écrouler encore une fois? — se demandait-il. — Si cela est, je suis positivement un niais et le premier garde champêtre venu peut me rendre des points en matière de police!!

Le juge d'instruction, lui, paraissait trouver tout simple ce qu'il entendait.

— Continuez... — dit-il.

Le ventriloque allait continuer en effet.

Il n'en eut pas le temps.

Un gendarme entra, tenant à la main une enveloppe oblongue de papier bleuâtre.

Ce gendarme arrivait de Malaunay dans le tilbury de M. Fauvel, conduit par Jean-Marie et traîné par Pomponnette.

Il apportait une dépêche venue de Paris.

— Pour monsieur le juge d'instruction... — fit-il.

— C'est la réponse, — pensa Jobin.

Le magistrat déchira vivement l'enveloppe, lut la

dépêche à deux reprises avec une attention profonde, puis la tendit ensuite au policier.

— Nous étions absolument dans le vrai, — lui dit-il. — En voici une preuve nouvelle... preuve d'ailleurs surabondante, car nous avions pour nous l'évidence.

Jobin saisit le papier et lut à son tour avidement les lignes suivantes :

« Malaunay, de Paris. — 26 septembre. — 8 h. du matin. — Chef de sûreté à juge d'instruction à Rocheville.

« Renseignements obtenus : — Philippe Domerat quitté Grand-Hôtel 23 courant, dix heures du matin, allant à Marseille, laissant lettre pour Georges Pradel, officier zouaves, son neveu. — Georges Pradel arrivé même jour, trois heures après-midi. — Pris connaissance lettre Domerat. — Installé chambre. — Habillé. — Sorti à six heures, laissant clef chambre, sans rien dire. — Plus reparu depuis. — Abandonné bagages. — Gérant Grand-Hôtel étonné, inquiet, craignant malheur. — Faut-il chercher à Paris Georges Pradel ? »

— Bien étrange !! — murmura Jobin. — Non content d'oublier ici tout un colis de preuves écrasantes, le lieutenant quitte le Grand-Hôtel sans rien dire, en abandonnant ses bagages !! — On croirait en vérité que cet imbécile est possédé d'une idée fixe, celle de forcer la police à s'occuper de ses affaires!!

— Eh bien, sois satisfait, triple niais, elle s'en occupe!!...

Le juge d'instruction se tourna vers Sidi-Coco.

— Combien y a-t-il de temps que vous n'avez vu Georges Pradel, votre lieutenant? — demanda-t-il.

XXVII

— Combien y a-t-il de temps que je n'ai vu mon lieutenant? — répéta l'ex-zouave.

— Oui, — appuya le juge d'instruction.

— Je l'ai quitté il y a huit mois, en prenant mon congé... — Je croyais vous l'avoir dit...

— Savez-vous où il est en ce moment?

— Mais toujours en Algérie, je suppose...

— Vous êtes donc sans nouvelles de lui depuis lors?

— Absolument.

— Vous ne lui avez pas écrit?... Vous n'avez reçu de lui aucune lettre?

— Jamais.

— Et le hasard n'a point ménagé, tout récemment, une rencontre entre vous?...

— Pour que vous me demandiez cela, monsieur le juge, — s'écria Sidi-Coco, — il faut que mon lieutenant soit en France...

— Il y est...

— Je l'ignorais.

— C'est-à-dire que vous prétendez l'ignorer ; mais ceci s'éclaircira comme le reste. — Après avoir quitté l'aubergiste qui, si l'on doit vous en croire, vous a pour quarante sous amené de Saint-Avit à Rocheville, qu'avez-vous fait ?

— Je suis revenu sur mes pas jusqu'à la grille du parc... J'ai escaladé cette grille sans la moindre peine et je me suis dirigé vers le château... — La nuit était si noire sous les arbres que deux personnes auraient pu se croiser et se toucher presque sans se voir... — Je m'avançai donc hardiment jusqu'auprès d'une fenêtre du rez-de-chaussée, où brillait une lumière...

« Cette fenêtre était celle de la cuisine...

« Jacques Landry et sa fille, assis en face l'un de l'autre, finissaient de souper. — Mariette, de temps en temps, jetait une bouchée de pain à un dogue couché à ses pieds.

« Au bout de cinq minutes, un peu plus ou un peu moins, l'ancien matelot se leva et se mit en devoir de bourrer sa pipe et de l'allumer. — Je me dis à moi-même que sans doute il allait faire une ronde dans le parc avant de se mettre au lit, et que je pourrais

profiter de son absence pour entrer dans la maison
et pour parler à Mariette. — Mais Jacques Landry, sa
pipe allumée, allait et venait dans la cuisine, en long
et en large, au lieu de sortir.

« Je n'avais pas beaucoup de temps à moi et
vous pouvez penser, monsieur le juge, si j'étais im-
patient ! !

« Tout à coup : Drelin ! drelin ! ! voilà qu'on caril-
lonna à la grille du parc... — Le père et la fille pa-
rurent surpris... — Le dogue se dressa sur ses pattes
et se mit comme en arrêt en flairant de mon côté. —
Cependant il ne pouvait guère me sentir, cet animal, rapport aux vitres de la fenêtre qui était fermée.

« — Diable ! — pensai-je, — la porte ne sera pas
plus tôt ouverte que ce chien va me dépister et me
sauter à la gorge ! — Jacques Landry arrivera avec
une lanterne et j'aurai la mine d'un voleur, ni plus ni
moins, ce qui est une mauvaise manière de se présenter à un brave homme dont on veut épouser la
fille ! — Il s'agit de filer.

« Aussitôt fait que dit... — Je battis en retraite à
toutes jambes dans la direction du mur d'enceinte,
et bien m'en prit car j'étais à peine à cent pas quand
le vieux matelot quitta le château et quand le dogue
s'élança de mon côté en hurlant comme un perdu...
— J'ai vu plus d'une fois le feu de près, en Afrique,
et sans trembler... — Eh ! bien, ce brigand de dogue

me faisait une peur bleue, je l'avoue !! — Il me semblait sentir déjà ses crocs dans ma chair !... Je ne
courais plus, je volais... — Le dogue gagnait du
terrain quand même, et ses hurlements se rappro-
chaient...

« J'allais être définitivement pincé...

« Par bonheur, tout à coup, je me heurtai contre
les branches pendantes d'un gros arbre que je ne
voyais pas.

« Je m'élançai sur l'une d'elles... — Mon poids la
faisait craquer. — Je grimpai toujours... m'accro-
chant où je pouvais... brisant les rameaux... me hissant... rampant à plat ventre... — J'atteignis une
fourche du tronc, je mis les pieds sur une maîtresse
branche, et je m'orientai... — Le chaperon du mur
était presque sous moi, et la grande route de l'autre
côté... — Le dogue hurlait de plus belle au pied de
l'arbre... J'entendais dans le lointain la voix de Jacques Landry, parlant d'un ton rude aux gens qui
sonnaient... Une fois débarrassé de ces visiteurs, il
s'inquiéterait certainement de savoir ce qui mettait
son chien si fort en rage, et peut-être arriverait-il
jusqu'à moi...

« Je n'en fis ni une ni deux... — Je marchai aussi
loin que possible sur la branche qui dépassait le mur
et qui pliait sous moi et se rapprochait du sol. —
Quand je sentis qu'elle allait se rompre, je lâchai

tout et je tombai sur mes jambes, de pas bien haut, sans me faire de mal...

« Une flamme subite, éclatant près de mes yeux, me fit tressauter... — L'homme dont vous parliez tout à l'heure, monsieur le juge, était là, à deux pas de moi; il venait d'enflammer une allumette chimique devait et de me reconnaître...

« Moi je ne le connaissais pas... Je poussai un juron... Je pris mes jambes à mon cou et je m'en allai, au tournant du chemin, attendre la carriole qui me ramener à Saint-Avit...

« Aussi vrai qu'il n'y a qu'un Dieu, voilà de point en point ce qui s'est passé dans le parc de M. Domerat... — A présent que vous savez tout, monsieur le juge, ne trouvez-vous pas que c'est bien dur de faire arrêter par les gendarmes et garder en prison pendant une longue nuit, pour si peu de chose, un pauvre diable d'honnête homme qui n'a rien sur la conscience?... »

Sidi-Coco se tut. Le magistrat allait répondre.

Jobin se pencha vers lui et pendant quelques secondes lui parla tout bas et vivement.

Le magistrat fit un signe affirmatif et, s'adressant à l'ex-zouave, reprit :

— Vous êtes allé, dites-vous, attendre au tournant du chemin la carriole qui devait vous ramener à Saint-Avit?

— Oui, monsieur le juge, c'est exact...

— Et sans doute quelque incident imprévu empêcha cette carriole d'arriver?...

— Un incident!... mais pas du tout! — répliqua
Sidi-Coco, — l'aubergiste du *Bœuf-Rouge* fut au contraire plutôt en avance qu'en retard... — Tout au
plus était-il neuf heures dix minutes quand j'entendis
sonner les grelots du bidet et quand je vis le feu de
la lanterne...

— Eh quoi! — s'écria Jobin, si formaliste d'ordinaire mais oubliant dans son désarroi moral qu'au
juge d'instruction seul il appartenait d'interroger le
prévenu. — Eh quoi! l'aubergiste s'est trouvé au
rendez-vous?... Il vous a pris avec lui?... Vous êtes
repartis ensemble?

— On dirait que ça vous étonne... — continua le
ventriloque. — C'est cependant bien naturel, puisque
c'était convenu et que j'avais payé les quarante sous
d'avance. — Il a même eu de la chance, l'aubergiste,
de se trouver en ma compagnie sur la route.

— Comment cela?... — demanda le magistrat.

— Parce qu'à un kilomètre tout au plus de Rocheville, nous avons eu un accident... — Le bidet lancé
au grand trot s'est abattu, brisant son brancard et
son harnais, et se blessant assez gravement aux deux
genoux et à l'épaule... — Il a fallu le remettre sur ses
pattes, raccommoder tant bien que mal le harnais

14

disloqué, la carriole hors de service, et soutenir par
la figure, pendant onze kilomètres, le pauvre bidet
qui boitait tout bas et de temps à l'autre refusait
absolument d'avancer. — Nous ne sommes arrivés à
Saint-Avit qu'à une heure et demie du matin... —
L'aubergiste, sans moi, ne serait pas arrivé du tout...

Jobin, plus pâle encore que de coutume, essuyait
sur son front de grosses gouttes de sueur.

— Vous dites : « une heure et demie du matin? »
— demanda le juge d'instruction.

— Tout juste... — la demie sonnait au clocher
comme nous entrions dans le village. — Nous avions
mis plus de quatre heures à dévider nos onze kilomètres !! C'est assez coquet!...

— Qu'avez-vous fait ensuite?

— Une fois le bidet à l'écurie et la carriole sous le
hangar, l'aubergiste m'offrit une eau-de-vie brû-
lée... — Il me devait bien ça... — Je n'en pouvais
plus... — J'acceptai de bon cœur, comme c'était
offert... — Il voulut ensuite, le brave homme, me
reconduire jusqu'à la voiture où j'avais mon lit...

— En arrivant à cette voiture, avez-vous parlé à
quelqu'un?

— Oui, à Jérôme Trabucos en personne... — S'é-
tant aperçu de mon absence il était inquiet, le vieux,
sachant que je suis un garçon tranquille et qui ne
découche jamais...

Jobin se pencha de nouveau vers le magistrat.

— Monsieur le juge d'instruction, — lui dit-il à voix basse, — si le récit de ce malheureux est vrai, son innocence doit vous paraître, comme à moi, certaine... — Jamais alibi ne serait plus clairement démontré... — Il deviendrait matériellement impossible que Sidi-Coco ait commis le crime...

— Oui, en effet, si le récit est vrai... — répondit le magistrat, — et nous allons nous enassurer sans retard... — Qu'on appelle le brigadier de gendarmerie.

Le sous-officier n'était pas loin. — Il parut presque aussitôt.

— Connaissez-vous l'aubergiste du *Bœuf-Rouge* à Saint-Avit? — lui demanda le juge d'instruction.

— Le père Ridel?... oui, mon magistrat... je le connais depuis longtemps... Ah! il est connu, le père Ridel!!

— Jouit-il d'une bonne réputation?

— Réputation de première catégorie... — Rien de rien à dire sur son compte... Brave et honnête homme, le père Ridel!! — Auberge très-achalandée, et du bien au soleil pour plus de cent mille francs... — Il a marié sa fille unique l'an passé au fils d'un gros fermier de la vallée d'Auge.

— Ainsi, selon vous, on peut accorder toute confiance à son témoignage?

— On peut le croire sur parole et les yeux fer-
més...

— Voici une « citation à témoin » pour ce Ridel.
— Qu'un de vos hommes parte à l'instant et le ramène avec lui... — Je veux, si c'est possible, l'interroger ce matin même...

XXVIII

— J'irai moi-même et personnellement à Saint-
Avit... — répondit le brigadier, enchanté de faire
preuve de zèle devant un magistrat. — Je vais demander, de la part de M. le juge d'instruction, le
tilbury de M. le maire, et avant midi j'amènerai le
père Ridel, si je le trouve à son auberge, bien entendu.

Ayant ainsi parlé, le sous-officier fit le salut militaire et quitta le vestibule.

Depuis un instant Sidi-Coco, calme jusque-là
comme un homme qui, n'ayant rien de grave à se
reprocher, n'a rien de sérieux à craindre, paraissait
en proie à une agitation vive dont Jobin étudiait les
progrès avec une curiosité et un intérêt manifestes.

Le ventriloque fit un pas vers la table derrière la-

14.

quelle était assis le magistrat, et il demanda d'une
voix émue :

— Monsieur le juge, présentement, m'est-il permis
de parler?...

— Je vous écoute... — fit le représentant de la
loi.

— Je sais tout le respect qu'on doit à la justice, —
commença l'ex-zouave, — et j'ai répondu à vos questions comme je répondrais au bon Dieu, s'il descendait sur la terre pour m'interroger... — Je vous ai
raconté ma vie... Vous me connaissez aussi bien que
je me connais moi-même... J'ai avoué m'être introduit par escalade, avant-hier, dans le parc de la
maison où nous sommes... C'est un délit, je le sais
bien, mais j'ai expliqué les motifs qui peuvent, ce
me semble, atténuer un peu ce délit... — En cela
comme en tout le reste j'ai dit la vérité, vous en
aurez bientôt la preuve, et cependant vous semblez
ne point me croire, et vous exigez que la déposition
d'un témoin confirme mes paroles... — Il y a là quelque chose à quoi je ne comprends goutte et qui me
fait peur... — J'ai bien le droit, j'imagine, de vouloir
sortir d'une incertitude impossible à supporter...
J'ai bien le droit de faire à mon tour une question,
n'est-ce pas? Une seule... celle-ci : — Que s'est-il
donc passé dans cette maison après mon départ? Un
vol a-t-il été commis?... Me soupçonne-t-on de ce

vol?... — Enfin, monsieur le juge, — et c'est à genoux s'il le faut, et les mains jointes, que je vous
supplie de me répondre, — de quoi suis-je accusé?...

— Ainsi, plus que jamais, vous prétendez ne pas
le savoir !! — s'écria le magistrat.

— Devant Dieu qui m'entend, je jure que je l'i-
gnore...

Le moment sembla propice au juge d'instruction
pour mener à bien un coup de théâtre sur lequel il
comptait beaucoup, qu'il méditait depuis la veille, et
qui devait infailliblement, croyait-il, arracher un
aveu au criminel terrifié.

Il fit un signe aux gendarmes placés à la droite et
à la gauche de Sidi-Coco et qui saisirent aussitôt les
deux bras de leur prisonnier.

— Suivez-moi avec cet homme, — leur dit-il,
et, traversant la cuisine et l'office, il se dirigea rapidement vers une pièce où nous avons déjà conduit
nos lecteurs.

Jobin marchait derrière tout le monde en tracas-
sant son pince-nez, signe d'émotion chez le policier.

La chambre servant de lingerie, dont le magistrat
ouvrit la porte et dans laquelle il pénétra le premier,
offrait un spectacle étrange et sinistre.

Au milieu de cette chambre se voyait une table

dont le médecin s'était servi le soir précédent pour opérer l'autopsie du corps de Jacques Landry.

De larges empreintes d'un rouge sombre, résistant à un lavage trop sommaire, maculaient le bois blanc.

Dans l'un des angles de la pièce deux petits lits de fer, empruntés aux mansardes du château et placés côte à côte, s'adossaient à la muraille.

Un grand drap jeté sur ces couchettes dessinait vaguement les formes rigides des cadavres qu'il avait mission de cacher.

A l'entoure brûlaient des cierges.

Le curé du village, digne vieillard à cheveux blancs assis dans un antique fauteuil, avait à ses pieds un vase de cuivre emprunté à l'église et contenant l'eau bénite et le goupillon.

Il tenait sur ses genoux un grand livre d'heures à reliure noire, et murmurait lentement les prières des morts.

En voyant entrer le juge d'instruction il se leva et, après s'être incliné devant lui, il demeura immobile et silencieux.

Le ventriloque avait franchi le seuil à son tour entre les deux gendarmes, et regardait avec angoisse et avec effarement cette mise en scène lugubre qu'il paraissait ne point comprendre.

— Avancez ! — commanda le magistrat qui s'était rapproché du chevet des deux lits.

Le prisonnier, poussé par les gendarmes, obéit machinalement.

Ses yeux ne pouvaient se détacher de ces formes effrayantes indiquées par les plis roides de la toile.

De grosses gouttes de sueur froide perlaient à la racine de ses cheveux. — Il pressentait vaguement quelque chose d'effroyable.

De la main droite le magistrat saisit l'angle du drap.

— En présence de vos victimes, — s'écria-t-il, — aurez-vous l'audace impie de nier le crime jusqu'au bout et de vous prétendre innocent?

Et d'un mouvement rapide soulevant le linceul, — il découvrit les deux visages pâles, aux yeux ouverts, — Jacques Landry, le crâne fendu, et Mariette, la gorge coupée...

— Regardez! — continua-t-il. — Courbez la tête sous le poids du remords, et demandez au Dieu de miséricorde un pardon que les hommes ne peuvent plus vous accorder!

Pendant une ou deux secondes, l'ex-zouave fut effrayant.

Tout le sang de ses veines envahit sa figure qui, sans transition, redevint livide.

Un rugissement sourd s'échappa de son gosier contracté et s'éteignit dans un murmure indistinct.

Il leva ses bras vers le ciel, puis, saisissant sa tête

à deux mains avec un geste d'insensé, il balbutia d'une voix sifflante :

— Mariette et Jacques Landry... assassinés... assassinés tous deux!... Et c'est moi qu'on accuse!...

— Vous êtes le complice, si vous n'êtes l'assassin lui-même!! — reprit le magistrat. — La nuit du meurtre, vous n'étiez pas seul ici!!... — Georges Pradel, votre lieutenant, veillait avec vous dans cette maison pleine de sang!! — Lequel des deux a frappé?...

— Mon lieutenant... — répéta le ventriloque, — mon lieutenant...ici!! — Mon lieutenant meurtrier!... Mon lieutenant accusé comme moi!! Ah! tenez, à la fin, c'est trop pour être vrai!... — Je ne vois pas ce que je crois voir... Je n'entends pas ce que je crois entendre... Ou je rêve ou je deviens fou!!...

— C'est la folie du crime qui s'était emparée de vous et qui vous poussait!... C'est la folie du remords qui maintenant vous domine et vous étreint!! Avouez!! — avouez donc!!...

D'un mouvement brusque l'ex-zouave s'arracha des mains des gendarmes.

Il bondit jusqu'au chevet de la funèbre couche où la jeune fille dormait son dernier sommeil; il se laissa tomber agenouillé, prosterné plutôt, la poitrine soulevée par une sorte de râle convulsif, le visage inondé de larmes, et saisissant la main de la

morte, cette main froide comme le marbre et comme
lui rigide, il y colla ses lèvres en prononçant des
mots interrompus, coupés par des sanglots.

— Mariette, chère Mariette... — disait-il, — Mariette, ô ma bien-aimée! ô mon amour! ô mon espérance! ils t'ont tuée... et on m'accuse de ta mort!
On m'accuse, moi qui pour toi aurais donné ma
vie!... — Mariette, je t'aimais, tu le sais bien!... Tu
sais bien que je t'adorais!... Réveille-toi, Mariette, si
tu n'es qu'endormie!... Si tu es morte, ranime-toi!
— Un mot, Mariette, rien qu'un mot!... Un nom...
celui du meurtrier!... — Après ça qu'on prenne ma
tête... Ah! ça m'est bien égal!... Est-ce que je tiens
à vivre?... Mais mourir en passant pour ton assassin,
je ne veux pas!!! Non, cent fois non, je ne veux
pas!!! — Mariette, aie pitié de moi! Demande à Dieu
de permettre un miracle!... Je n'ai d'espoir qu'en
toi... Parle, ou je suis perdu!...

Puis l'ex-zouave, épuisé par la violence même de
cette explosion de désespoir, laissa tomber sa tête
sur le drap qui cachait le corps de la jeune fille et
s'abîma dans ses sanglots.

Jobin s'était rapproché du magistrat.

Sous les doubles verres de son pince-nez l'agent
avait les yeux humides.

— Monsieur le juge d'instruction, — dit-il d'une
voix très-basse et d'un ton respectueux, — permet-

tez moi de vous demander si vous croyez toujours à la culpabilité de cet homme ?

— Je n'ai, pour en douter, aucune raison nouvelle.

— Regardez-le !... Écoutez-le !...

— C'est un grand comédien...

— Il n'y a pas de comédien de cette force !

— L'avenir nous l'apprendra...

Le policier n'insista pas.

— Heureusement, — pensa-t-il, — Dieu est juste... — il ne permettra point qu'une erreur judiciaire sans remède fasse de cet innocent un martyr !!...

A cet instant précis, et comme une réponse à l'invocation de Jobin, la porte de la lingerie s'ouvrit et le brigadier parut sur le seuil où il s'arrêta, tout étonné et un peu troublé en voyant le ventriloque à genoux près du cadavre de Mariette.

Le juge d'instruction traversa la chambre et s'approcha du gendarme.

— Déjà de retour !! — lui dit-il. — Comment est-ce possible ? — Vous n'avez pas même eu le temps matériel d'aller à Saint-Avit !...

— Aussi, mon magistrat, n'y suis-je point allé... — répliqua le sous-officier. — J'ai eu l'heureuse chance de rencontrer le père Ridel à deux kilomètres d'ici... — On s'occupe du crime, naturellement, à Saint-Avit, et le brave homme venait à Rocheville chercher des nouvelles pour les pratiques de son auberge...

— Vous l'avez amené?

— Bien entendu !... — Il attend dans le vestibule.

— Sait-il de quoi il est question?

— Peut-être qu'il s'en doute, mais je me suis fait un devoir de ne lui en pas dire un traître mot.

— C'est bien... — Je vais l'interroger...

Et, laissant l'accusé sous la garde des gendarmes, le magistrat sortit de la lingerie.

Jobin le suivit comme son ombre.

15

XXIX

Une bonne figure en vérité, le père Ridel.

Il avait soixante-cinq ans.

Il était de taille moyenne, un peu gros, vif encore, avec une face large et rubiconde encadrée de longs cheveux grisonnants et de favoris roux en broussailles.

La cautèle normande, mélangée d'un grand fond de bonhomie, éclairait cette face et brillait dans ces petits yeux vairons.

Le père Ridel portait sur ses vêtements de droguet une longue blouse de toile bleue brodée de fil rouge au collet et aux poignets.

Sa tête disparaissait à demi sous un chapeau tromblon de feutre à longs poils, noirs autrefois mais depuis longtemps rougis par les alternatives de pluie et de soleil.

Tout le pays connaissait ce chapeau.

Personne ne se souvenait d'avoir vu le père Ridel tête nue.

Dans son auberge il portait le bonnet de coton barriolé, avec houpette.

Hors de son auberge il se coiffait du tromblon légendaire qui semblait vissé sur son crâne.

Il se découvrit cependant en toute hâte devant le juge d'instruction, et prit l'attitude humble et révérencieuse qui est celle des paysans en général, et du paysan normand en particulier, en présence d'un magistrat.

Le villageois le plus honnête, le plus irréprochable en ses mœurs, a vaguement peur de la loi, — sans doute parce qu'il la connaît mal et que la chose inconnue recèle toujours en soi quelque chose d'effrayant.

— Eh! mon Dieu, monsieur le juge, — s'écria-t-il en saluant coup sur coup deux ou trois fois, — pourquoi c'est-il que vous me faites demander? — Foi de brave homme, ma parole sacrée, je ne sais rien du tout sur l'affaire...

— Peut-être en savez-vous plus long que vous ne le croyez vous-même... — répliqua le magistrat.

— Rien de rien, que je vous dis... — répéta l'aubergiste.

— C'est ce que nous allons voir...

— C'est tout vu!...

— Silence! et attendez mes questions.

— Avec bien du respect, monsieur le juge.

— Greffier, écrivez.

L'interrogatoire du père Ridel ne fut pas très-long.

Il roulait sur des faits, en petit nombre, qui sont connus de nos lecteurs.

En conséquence nous n'aurons garde de le reproduire.

Il nous suffira de constater que sa déposition fut rigoureusement et de tout point conforme au récit de Sidi-Coco.

Or, cette déposition étant inattaquable, l'alibi de l'ex-zouave se trouvait démontré de façon péremptoire et surabondante.

Le malheureux ventriloque ne pouvait être ni auteur ni complice d'un crime commis à Rocheville tandis qu'il se trouvait à Saint-Avit, par conséquent à douze kilomètres du théâtre de ce crime.

Jobin triomphait, mais comme il avait l'habitude de triompher, silencieusement et modestement.

Son regard seul, étincelant sous les verres de son pince-nez, témoignait sa joie.

Le magistrat, vaincu par l'évidence, ne s'obstina point.

— Vous aviez raison, Jobin, — dit-il, — je le re-

connais!... — Cette fois encore votre flair de policier
vous a mieux servi que mon expérience de juge d'instruction... mais convenez que de formidables apparences chargeaient ce malheureux... — Tout se réunissait contre lui, tout!... jusqu'à cette circonstance
étrange et presque invraisemblable de sa présence
dans le parc du château, à l'heure précise où son ancien lieutenant, Georges Pradel, y arrivait!!... coïn-
cidence prodigieuse! inouïe!! — Le plus habile s'y
serait trompé, n'est-ce pas?

— Oui, certes! — répondit l'agent de la sûreté, —
et je m'y suis trompé moi-même.

— C'est vrai... vous avez cru le ventriloque coupable... mais vous ne l'avez cru qu'un instant... —Quelques minutes de réflexion vous ont suffi pour retrouver la véritable piste...

— La véritable piste... — répéta Jobin, — oui...
sans doute... mais qui sait si cette étrange et mystérieuse affaire ne nous réserve pas des surprises nouvelles...

— Que voulez-vous dire?...

— Rien, monsieur le juge d'instruction... je cherche... ne vous en étonnez pas, je vous prie... je cherche
sans cesse...

— Même quand vous avez trouvé?...

— Même quand je crois avoir trouvé, c'est vrai...
— Où commence la certitude absolue? — Tant que

la preuve matérielle est absente, on peut douter...
N'a-t-on pas vu plus d'une fois des pilotes émérites
prendre pour le phare indiquant le port la trompeuse
clarté du feu follet conduisant aux récifs ?

— Il est très-fort, ce policier, — pensa le magistrat, — mais plus phraseur qu'il ne faudrait !... beaucoup plus !...

Puis, tout haut, il ajouta :

— Rentrons dans la chambre mortuaire... J'ai hâte
d'apprendre à ce pauvre diable qu'il est libre !... —
Innocent et accusé, il a dû cruellement souffrir...

— Ah ! — murmura Jobin, — près du cadavre de la
femme qu'il aimait, se souvient-il seulement de l'ac-
cusation ?...

Depuis que le juge d'instruction et l'agent de la
sûreté étaient sortis de la lingerie, le ventriloque
n'avait pas fait un mouvement.

Sa tête, nous l'avons dit, s'appuyait sur le drap
qui servait de linceul à Mariette.

On aurait pu le croire endormi ou inanimé, mais
le tremblement nerveux de ses épaules et de ses
mains indiquait d'une façon trop claire qu'il ne dormait point et qu'il vivait pour la souffrance.

Les deux gendarmes le regardaient avec une invo-
lontaire compassion.

Le vieux prêtre se sentait profondément remué, et
il appelait la miséricorde de Dieu sur cet homme

abîmé dans la douleur, — qu'il fût innocent ou coupable...

Le magistrat franchit le seuil, suivi de Jobin.

— Coquelet...— dit-il d'une voix émue, en donnant pour la première fois au prisonnier son nom véritable.

L'ex-zouave tressaillit, se leva tout d'une pièce et se tourna lentement vers celui qui venait de lui parler et qui tressaillit à son tour.

C'est que jamais changement pareil ne s'était fait en si peu de temps sur le masque d'un homme.

A peine reconnaissait-on le ventriloque.

Ses larmes brûlantes semblaient avoir creusé des sillons, comme un liquide corrosif, dans les chairs de son visage ravagé.

Son front offrait des rides profondes et ses yeux noirs, habituellement d'une mobilité presque inquiétante, paraissaient éteints et sans regards.

— Coquelet, — reprit le magistrat, — le père Ridel, l'aubergiste de Saint-Avit, est venu et je l'ai interrogé...

L'ex-zouave ne fit pas un geste et ne prononça pas une parole. — On eût dit que les paroles du magistrat intéressaient un autre que lui.

— Dieu seul est infaillible! — continua le juge d'instruction. — La justice humaine, malgré ses efforts, s'égare parfois dans sa recherche de la vérité... C'est ce qui vient d'arriver aujourd'hui et j'en

éprouve un profond regret... — La déposition de
l'aubergiste Ridel, corroborant la vôtre, ne permet
plus de doute... — Vous êtes étranger au double
crime commis dans cette maison... La justice, un
instant abusée, le proclame...

— Ainsi, — demanda Sidi-Coco d'une voix sourde,
— ainsi on ne m'accuse plus d'avoir assassiné Mariette
et Jacques Landry?...

— On sait que vous êtes innocent.

— Et je suis libre?

— Vous êtes libre...

Une flamme passagère s'alluma dans les prunelles
ternies du ventriloque.

— Merci, monsieur le juge... — dit-il, — vous
m'avez fait beaucoup de mal, mais c'est sans le vouloir et je vous pardonne du fond du cœur... — Vous
me rendez la liberté, — ajouta-t-il en s'animant peu
à peu, — merci encore, car, de cette liberté, j'ai
l'emploi!!

Il se tourna vers les cadavres, et étendant la main
sur eux par un mouvement plein de grandeur et de
solennité, il continua :

— Mariette et Jacques Landry on vous a frappés
lâchement, et personne au monde ne peut vous rap-
peler à la vie ; mais on peut au moins vous donner la
vengeance et, si Dieu le permet, je serai de ceux qui
travailleront pour cela...

Le magistrat intervint.

— A la justice, — fit-il, — appartient le soin de frapper les coupables et de venger les victimes...

— Soit! — dit l'ex-zouave, — mais attendez! — J'ai cru comprendre qu'il y avait ici un homme venu de Paris, un agent fameux de la police... — Est-ce vrai?

— C'est vrai, — répliqua Jobin, — et je suis cet homme...

— Tout à l'heure, — continua Sidi-Coco, — vous avez accusé mon lieutenant comme vous m'accusiez moi-même... — Je crois à l'innocence de Georges Pradel autant que je crois à la mienne, mais il est possible que je me trompe... — Si celui que j'aimais et que j'aime encore est un infâme scélérat, s'il a tué Mariette et Jacques Landry, et si j'en ai la preuve, toute ma tendresse pour lui se change en implacable haine... Il faut qu'on l'arrête, il faut qu'on le juge, qu'on le condamne, et qu'il paye de sa tête son double crime!! — Vous allez le chercher, mais s'il est coupable il se cache... où le trouverez-vous?... Vous ne le connaissez pas!... Moi je le connais... — J'offre de vous aider... Je me donne à la police, corps et âme, et je vous jure que je suis un bon limier!!

« Monsieur l'agent, voulez-vous de moi? »

15.

XXX

Après avoir prononcé les dernières paroles que nous venons de reproduire :

— Monsieur l'agent, voulez-vous de moi ? — Le ventriloque se tut, et il attacha sur Jobin un regard plein de supplications, en attendant sa réponse avec une anxiété manifeste.

Cette réponse d'ailleurs ne se fit point attendre.

— Oui, pardieu ! — répliqua le détective, — j'accepte votre collaboration qui peut m'être très-utile, mais je fais des réserves.

— Ah ! tout ce que vous voudrez !... — A quelles conditions voulez-vous que je vous serve ?

— D'abord, je n'ai point qualité pour vous attacher à l'administration à un titre quelconque... —

Vous serez donc policier amateur et pour cette affaire seulement...

— C'est bien ainsi que je le comprenais...

— Je ne puis vous offrir d'indemnité, petite ou grande, — poursuivit Jobin ; — il faudra donc vous suffire à vous-même avec vos ressources personnelles. — En avez-vous?

— J'ai mis de côté, sans en dépenser un sou, la solde que Jérôme Trabucos me payait comme ventriloque... — Cela ne fait pas une grosse somme, mais je mangerai du pain sec et je boirai de l'eau claire s'il le faut.

— J'exigerai de vous une obéissance absolue...

— J'ai été soldat... Je connais la discipline et la consigne...

— Alors nous pouvons nous entendre... — Je vous attache à ma personne et dès ce soir nous partirons pour Paris, car c'est là, j'en suis sûr, qu'il faut chercher la trace de Georges Pradel...

— Ce soir!... — répéta le ventriloque, — partir ce soir !...

— Sans doute... — Nous n'avons, quant à présent, plus rien à faire ici...

— Quitter aujourd'hui ce pays, — reprit Sidi-Coco, — c'est impossible... pour moi du moins...

— Et le motif de cette impossibilité prétendue?...

— Je croyais avoir dit devant vous, monsieur l'a-

gent, que pour deux jours encore j'appartenais à
Jérôme Trabucos... Ai-je le droit de manquer à ma
parole?...

— Non certes, mais une communication officieuse
de M. le juge d'instruction à votre impressario suffira, j'en suis convaincu, pour lever l'obstacle... —
La justice a besoin de vous... toute autre considération doit céder le pas à celle-là.

Le magistrat prit la parole.

— Jobin a raison, — dit-il, — le brigadier de gendarmerie se chargera d'aller à Saint-Avit et d'arranger cette affaire en mon nom... — Le résultat de sa
demande n'est aucunement douteux...' — Jobin, je
vais vous remettre un mandat d'amener contre
Georges Pradel et vous partirez quand vous voudrez...

— Mon argent se trouve dans ma malle, et ma
malle est dans une des voitures de Jérôme... — fit
observer Sidi-Coco.

— Rien ne vous empêche d'accompagner le brigadier à Saint-Avit, et de revenir avec lui... — Le père
Ridel et sa carriole sont à votre disposition... Il vous
mènera et vous ramènera tous les deux...

— Monsieur le juge, — murmura timidement l'ex-
zouave, — m'est-il permis de présenter une requête?

— Assurément.

— Eh bien, je voudrais, avant de partir, connaître

les raisons qui font supposer que mon officier a commis le crime.

— C'est trop juste et Jobin, tout à l'heure, mettra les pièces sous vos yeux... — Est-ce tout ce que vous souhaitez?

— Non, monsieur le juge... Il y a encore autre chose...

— Parlez, et comptez d'avance que si c'est possible cela se fera...

Les yeux du ventriloque devinrent humides, et l'on sentit trembler des larmes dans sa voix tandis qu'il répondait :

— Je désire avec ardeur assister à la messe qui sera célébrée pour les funérailles de Jacques Landry et de Mariette... Je veux accompagner à sa dernière demeure cette morte chérie... Je veux prier sur elle avant de la venger...

Le magistrat se tourna vers le prêtre dont nous avons signalé la présence.

— Monsieur le curé, — lui demanda-t-il, —quand doit avoir lieu la cérémonie funèbre?

— Monsieur le juge d'instruction, — répliqua le vieillard, — M. le maire et moi, en l'absence de toute famille, nous avons décidé, — sauf, bien entendu, l'assentiment de la justice, — que les obsèques des victimes dont nous pleurons la mort auraient lieu demain matin, à huit heures...

— Jobin, — reprit le magistrat en s'adressant au policier, — vous avez entendu ?...

— Oui, monsieur le juge d'instruction.

— Voyez-vous quelque inconvénient à remettre votre départ à l'après-midi de demain ?

— Le mien, oui, mais pas le moins du monde celui de mon nouvel auxiliaire... — répondit l'agent ; — il viendra me rejoindre. — Coquelet, connaissez-vous Paris ?

— Je l'ai traversé deux fois, en allant en Afrique et en en revenant, mais je ne puis dire que je le connaisse.

— Dans ce cas je ne vous donnerai point un rendez-vous qui vous embarrasserait... — Je ferai mieux ; j'irai vous attendre... — Vous prendrez le train qui passe à quatre heures à Malaunay, vous serez à huit heures du soir à Paris et vous me trouverez à la gare.

— Merci, monsieur le juge ! merci, monsieur l'agent ! ! — murmura le ventriloque... — Vous êtes bons pour moi tous les deux !...

Jobin reprit :

— Tout est convenu... Nous voici d'accord... — Maintenant, Coquelet, venez avec moi... — Puisque M. le juge d'instruction le permet, et pendant que le père Ridel ira chercher sa carriole, je vais mettre sous vos yeux les quelques pièces d'où ressort jusqu'à l'évidence la culpabilité du lieutenant Georges

Pradel... — Ce sera l'affaire de cinq minutes... — Si vous n'êtes point convaincu après examen, vous serez le maître de reprendre votre parole et de ne pas venir me rejoindre à Paris.

— Non! et dans tous les cas je resterai votre homme! — s'écria l'ex-zouave. — Il nous faut l'assassin, quel qu'il soit, et Dieu veuille que le crime de Georges Pradel me paraisse douteux... — Je n'en chercherai le coupable qu'avec plus d'ardeur et mon zèle alors aura deux mobiles : venger Mariette et son père, et prouver l'innocence de mon lieutenant faussement accusé !!...

L'espoir que nous venons d'entendre manifester à Sidi-Coco ne devait pas se réaliser.

Un simple et rapide exposé des faits, corroboré par la déposition trop verbeuse mais très-claire du valet de ferme des Étiaux, ébranla tout d'abord fortement les convictions du ventriloque.

La vue du porte-cigares, — qu'il connaissait et qu'il reconnut, — et surtout la lecture des lettres de M. Domerat, portèrent un dernier et terrible coup à sa confiance en Georges Pradel.

— Ah! — s'écria-t-il en prenant sa tête dans ses mains avec un mouvement convulsif; — ah! le misérable! ah! l'infâme!... Tuer Jacques Landry! tuer Mariette! assassiner deux fois! assassiner le père et la fille!... Tant de sang répandu pour voler lâchement la dot de sa sœur !... C'est donc un tigre à face humaine, ce monstre en qui je croyais comme en Dieu ! — Où le frapper? — Comment le punir ? — La mort sur l'échafaud sera pour un tel homme un supplice trop doux !!...

L'agent de la sûreté posa la main sur l'épaule du ventriloque.

— Ainsi, — lui demanda-t-il, — vous êtes convaincu ?...

— Qùi ne le serait ?

— Le crime de Georges Pradel vous paraît certain et prouvé ?

— Cent fois, oui !

— Vous n'avez pas un doute ?

— Est-ce que le doute est possible ?

Jobin, sans répondre, baissa la tête et tracassa son pince-nez.

Un quart d'heure plus tard Sidi-Coco et le brigadier montaient dans la carriole du père Ridel et prenaient le chemin de Saint-Avit.

L'impressario Jérôme Trabucos, — un brave homme, — éprouva sans nul doute un vif regret de perdre si brusquement son ventriloque sur lequel il comptait pour réaliser des recettes le soir même et le lendemain ; mais, ainsi que l'avait prévu le juge d'instruction, il ne fit aucune objection sérieuse à un départ immédiat.

Tandis que l'ex-zouave rentrait ainsi en possession pleine et entière de sa liberté, le groom rustique si désireux de troquer son gilet rouge contre la veste ronde et le tablier blanc des garçons de café, et d'échanger son nom vulgaire de Jean-Marie contre celui bien autrement distingué d'*Ugêne*, conduisait Jobin à Malaunay dans le tilbury de Sidoine-Apollinaire Fauvel.

Tout n'est pas rose dans les honneurs!!

Les hautes fonctions de premier magistrat municipal entraînent fatalement à leur suite des nécessités agaçantes et de lourdes corvées...

M. le maire trouvait, et non pas sans raison, qu'on abusait beaucoup de Pomponnette. — Mais il n'osait le laisser voir.

Le lendemain matin, à huit heures, les funérailles de Mariette et de Jacques Landry furent célébrées avec une pompe presque inconnue dans la commune de Rocheville.

Tous les habitants, sans exception, avaient tenu à venir rendre un dernier hommage aux deux victimes que chacun aimait, que chacun estimait dans le pays.

Les hommes déposaient des couronnes d'immortelles sur le cercueil de Jacques, — les jeunes filles couvraient de fleurs le suaire blanc, symbole de virginité, sous lequel reposait leur amie Mariette.

C'est à peine si l'église pouvait contenir la foule compacte et profondément émue.

De toutes parts on entendait retentir des gémissements sourds et des sanglots mal étouffés.

La petite Gervaise, en jetant l'eau bénite sur la bière de sa jeune bienfaitrice, poussa un cri, devint plus pâle qu'une morte, et tomba sans connaissance. — Il fallut l'emporter.

Le ventriloque, agenouillé ou plutôt prosterné derrière un pilier, déchirait sa poitrine de ses ongles crispés. — Il avait la tête basse, le visage farouche, les yeux secs... — Ses lèvres remuaient machinalement.

Beaucoup de gens connaissaient « l'homme à la poupée ; » personne ne le reconnut.

Quand tout fut achevé, quand les dernières pelletées de terre eurent comblé les fosses béantes, Sidi-Coco murmura :

— Mariette, adieu !! — Que d'autres te pleurent !.. Moi je vais te venger !

Et il prit d'un pas rapide le chemin de Malaunay.

XXXI

Retournons de quelques jours en arrière, quittons la Normandie où vraisemblablement nous ne tarderons guère à revenir, et prions nos lecteurs de nous accompagner à Paris.

C'était le 23 septembre.

L'horloge de l'embarcadère du Paris-Lyon-Méditerranée marquait trois heures quarante minutes du soir.

Un train venant de Marseille entrait en gare avec une exactitude merveilleuse, et M. de Cantillon, l'aimable inspecteur, se frottait les mains.

Ce train s'arrêta.

Les employés ouvrirent les portières, et la foule

des voyageurs, se précipitant hors des wagons, inonda le quai.

Un seul de ces voyageurs doit nous intéresser. — Nous ne nous occuperons donc que de lui et nous saisirons le moment où sans se presser il descend d'un compartiment de première classe pour tracer de sa personne un croquis rapide.

Agé de vingt-cinq ou vingt-six ans et portant la petite tenue de lieutenant de zouaves, il pouvait passer pour un remarquablement joli garçon.

De taille moyenne, mince, souple, bien découplé, cet officier offrait dans ses moindres mouvements une sorte de grâce nonchalante.

Son visage, d'un ovale allongé et d'un dessin très-pur, avait des traits d'une finesse et d'une régularité presque féminines, couronnés par une chevelure blonde et soyeuse naturellement ondée, et taillée selon l'ordonnance.

La transparence du teint pâle et faiblement doré, la fraîcheur des lèvres, l'azur profond des grands yeux frangés de longs cils, auraient fait ressembler cette figure trop charmante à celle d'une jeune fille si de très-longues moustaches d'un blond d'épi mûr, retroussées et ébouriffées cavalièrement, n'étaient venues lui rendre un cachet masculin et exclusivement militaire.

Ce lieutenant, — nos lecteurs l'ont déjà deviné, —

n'était autre que Georges Pradel, le neveu de M. Domerat, armateur au Havre et propriétaire du château de Rocheville.

Georges Pradel semblait distrait, préoccupé, soucieux. — Il n'accordait aucune attention à ce qui se passait autour de lui, non plus qu'à ses compagnons de voyage, et c'est machinalement que, suivant la foule, il se dirigea vers la porte de sortie, remit son billet à l'employé et se rendit dans la salle où stationnent pendant un temps plus ou moins long les voyageurs dont on décharge les bagages.

Tandis qu'il attendait, adossé à une muraille, les bras croisés sur la poitrine, le regard perdu dans l'espace, et que ses lèvres, sans en avoir conscience, pressaient le bout d'un cigare éteint, deux individus dont la physionomie et le costume ne manquaient point d'originalité pénétrèrent dans la salle d'attente.

Le premier de ces individus pouvait avoir une trentaine d'années.

Il offrait, quoique vêtu en bourgeois, le type exact de ces soldats qu'au régiment on appelle des *pratiques*, et qui ne quittent guère la salle de police ou le cachot quand ils parviennent à éviter les compagnies de discipline.

Ce quidam affichait certaines prétentions à l'élégance, mal justifiées d'ailleurs.

Il portait un veston d'un bleu clair, sur un pantalon quasi-collant, d'une nuance « saumon » particulièrement déplorable.

Ses escarpins vernis, découverts comme ceux des garçons de café, laissaient voir des chaussettes d'une propreté douteuse.

Le col à la Colin de sa chemise de couleur se rabattait sur un foulard d'un rose tendre, maculé de taches de vin et de café.

Un ruban moiré trop large soutenait sur sa poitrine un binocle en cuivre doré.

Son chapeau de feutre gris, d'une cambrure audacieuse, et déjà fort graisseux quoique presque neuf, s'inclinait crânement vers l'oreille droite.

Enfin ses moustaches noires, longues, épaisses et dures, se recourbaient en crocs victorieux, grâce à l'emploi de quelque puissant cosmétique.

Ce personnage ne portait pas de gants et sa main gauche jouait coquettement avec une badine de vingt-neuf sous, suspendue par un cordonnet de caoutchouc à l'une des boutonnières de son veston.

Son compagnon, — nous avons dit que les nouveaux venus étaient deux, — avait l'âge, la taille, la tournure du lieutenant Georges Pradel. — Cette ressemblance aurait même été presque frappante si l'absence complète de moustaches n'était venue la rendre indécise.

Ce jeune homme portait un paletot de velours marron, sur un pantalon de coutil gris entrant dans les bottes jusqu'au genou.

Sa coiffure consistait en un petit chapeau de paille entouré d'un large ruban bleu. — Ses gants brillaient par leur absence.

Cette jolie figure, déjà flétrie, était évidemment celle d'un vaurien. — La lèvre avachie, les yeux rougis, la physionomie cynique, effrontée, gouailleuse, le disaient de façon surabondante.

Les deux hommes arrivés ensemble paraissaient attendre quelqu'un.

Ils se glissaient parmi les groupes et se faufilaient au plus épais de la foule, sans doute pour tâcher de découvrir si « ce quelqu'un » était arrivé.

Pendant ces évolutions et ces ondulations leurs mains ne restaient point inactives, et peut-être un observateur attentif et clairvoyant aurait-il cru remarquer que parfois elles se trompaient de poche, et par distraction sans doute se plongeaient dans celles du voisin...

Mais ce pouvait être une illusion, et nous n'ignorons point qu'il ne faut pas accuser à la légère.

Tout à coup l'ex-soudard aux moustaches cirées s'arrêta brusquement et demeura immobile et bouche béante, comme un homme frappé de stupeur.

Son compagnon passait en ce moment à côté de lui.

Il lui donna dans le flanc un léger coup de coude pour attirer son attention, et le jeune homme fit halte à son tour en demandant d'une voix très-basse :

— Qu'y a-t-il, ami Raquin ?...

— Regarde, compère Passecoul !

— Que faut-il regarder ?

— Là... en face... l'homme debout, appuyé contre le mur.

Passecoul leva la tête, jeta les yeux dans la direction indiquée et tressaillit à son tour.

— Ah ! diable !! — murmura-t-il.

— Tu le reconnais ? — demanda Raquin.

— Si je reconnais le lieutenant ! En voilà une question !...

— Alors, je ne me trompais pas ?

— Impossible de se tromper moins !! — Or, je ne tiens ni peu ni beaucoup à ce qu'il nous voie... Il nous reconnaîtrait aussi, lui !! Filons !...

— Rien à craindre !... — Tu vois bien qu'il est absorbé et ne regarde personne !... Je te garantis qu'en ce moment il ne pense guère à nous...

— D'accord, mais néanmoins j'aime mieux filer... c'est plus prudent et c'est plus sûr...

Raquin saisit par le bras le blond Passecoul, l'entraîna dans un angle de la salle d'attente et, le forçant à s'asseoir à son côté, se mit ainsi que lui à l'abri des regards du lieutenant.

— Sais-tu que tu m'étonnes !! — lui glissa-t-il dans l'oreille.

— A quel propos cet étonnement ?

— Tu ne le hais donc plus ce Georges Pradel ?...

— Ah ! si, par exemple !! Je l'exècre de toutes mes forces !...

— Et tu parles de fuir devant lui quand le hasard nous l'amène de si loin !...

— Que veux-tu ? c'est plus fort que moi, il me fait peur...

— A moi aussi, parbleu ! Mais la haine est plus forte que la peur ! Notre bonne chance nous l'envoie à Paris, dépaysé, seul, perdu dans la foule... — C'est le moment de nous venger !...

— C'est facile à dire !...

— C'est facile à faire !...

— Comment ?

— Je n'en sais rien encore, mais nous trouverons... tu verras... Pour le quart d'heure il s'agit de ne pas le perdre de vue... Au lieu de filer, comme tu disais tout à l'heure, nous le filerons et, une fois que nous connaîtrons sa « remise, » nous pourrons l'approcher sans risque en nous « faisant une tête... » — J'ai dans ma folle idée qu'il nous rapportera de l'argent, ce cadet-là !...

— Bah ! il n'est pas riche.

— Il a un oncle qui l'est pour dix...

16

— Ça nous fait une belle jambe !

— Il ne s'agit que d'être malin... — On fera chanter l'oncle!! — D'ailleurs je connais un particulier qui se fendra d'une jolie somme quand nous viendrons lui dire : — « Georges Pradel est à Paris et voici son adresse... »

— Qui ça ? — Est-ce que je le connais aussi, moi, ce particulier?

— Tu ne connais que lui.

— La première lettre de son nom ?

— Chut ! — Trop de monde à la clef pour prononcer les noms tout haut... mais je peux te le désigner... c'est le mari... l'homme de Passy...

— Au fait, c'est vrai !... — Je n'y pensais plus... — Il *casquera*... la chose est positive...

Tandis que s'échangeaient les derniers mots de ce dialogue étrange, un grand mouvement se faisait dans la salle d'attente.

Les employés venaient d'enlever les barrières mobiles séparant cette salle des longues tables sur lesquelles s'entassaient les bagages, sous l'œil taquin des préposés de l'octroi armés du traditionnel morceau de craie.

Le lieutenant, s'arrachant à sa rêverie, tira de l'une de ses poches son bulletin et sa clef et se mit à la recherche de sa valise.

Il la trouva sans peine, n'eut point à se soumettre

à des investigations sévères qui d'ailleurs se produisent assez rarement, et un commissionnaire, chargeant le colis sur son épaule et suivi de Georges Pradel, se dirigea vers un fiacre.

Le lieutenant s'installa dans le véhicule et à la question du cocher : — Où allons-nous, mon officier? — répondit :

— Au Grand-Hôtel...

XXXII

— Hue ! cocotte ! — cria le cocher en fouettant sa bête.

Le fiacre s'ébranla, emportant avec lui Passecoul qui s'était juché tant bien que mal sur l'arrière-train, assis entre les deux ressorts et les jambes pendantes.

Le cheval était passable.

En un peu moins de trois quarts d'heure la voiture atteignit le boulevard des Capucines.

A mesure que le lieutenant approchait de sa destination, son visage perdait l'expression mélancolique et soucieuse que nous avons signalée et devenait presque souriant.

— Cher et excellent oncle, Léontine, bien-aimée

sœur, je vais donc vous revoir après si longtemps et
vous embrasser de toute mon âme, — murmurait le
jeune homme. — Dans votre tendresse, désormais
je trouverai l'unique joie qu'il me soit encore permis
de goûter !... — Mon pauvre cœur malade et qui me
semblait presque mort revivra près de vous, je le
sens... — Tout me paraissait perdu à jamais. — Je
croyais sentir autour de moi le vide, le néant, l'a-
bîme... — Je me trompais... — J'ai cruellement
souffert... Je souffre encore, mais je ne suis pas seul
au monde... La famille me reste... — Les deux êtres
chéris qui vont m'ouvrir leurs bras soigneront, gué-
riront peut-être, les blessures que je jugeais incura-
bles...

Le véhicule numéroté fit halte.

On sait quel nombre prodigieux d'équipages de
toute sorte encombrent le boulevard dans l'après-
midi aux abords de la place du nouvel Opéra et stationnent en masses compactes devant le Grand-
Hôtel.

Le motif en est simple.

Outre le plus fameux « caravansérail » de Paris et
peut-être du monde, il y a là, resserrés dans un petit
espace, bon nombre de magasins en vogue, un bureau télégraphique, une agence des théâtres, et l'u-
nique dépôt de l'administration des tabacs où les
amateurs de cigares exceptionnels peuvent se pro-

16.

curer à prix de billets de banque les grandes marques de la Havane.

Cela suffit, et au delà, pour expliquer l'énorme affluence et le stationnement des voitures.

Le cocher se retourna sur son siége et, frappant deux ou trois petits coups contre la glace, demanda :

— Eh ! bourgeois, faut-il entrer dans la cour?...

— Inutile, — répondit le voyageur en baissant la glace... — Restez là. . je vais vous payer...

Il prépara sa monnaie, la passa au cocher, mit pied à terre, prit par une des poignées de cuir sa va-lise dont le poids n'avait rien d'excessif, saisit de l'autre main son carton à chapeau et, traversant le trottoir franchit la porte monumentale.

Le blond Passecoul était descendu de son arrière-train où, chemin faisant, il avait servi de point de mire aux lazzis gouailleurs des gavroches, qui fort enclins à se faire voiturer eux-mêmes sans bourse délier, n'admettaient point qu'un quasi Cocodès, un simili-gommeux, marchât sur leurs brisées en fai-sant usage d'un pareil mode de locomotion.

En un tour de main Passecoul métamorphosa son foulard en mentonnière qui, lui cachant la moi-tié du visage, lui donna la mine d'un jeune monsieur affligé d'une fluxion de premier ordre, et cette opé-ration suffit pour le rendre méconnaissable.

Cela fait, il marcha résolûment derrière le jeune

homme qui ne se doutait guère que quelqu'un avait intérêt à le suivre, et pénétra dans le bureau situé à gauche, sous la voûte.

— Auriez-vous l'obligeance, monsieur, — dit-il, — de m'indiquer l'appartement de M. Domerat?

L'employé auquel il s'adressait le regarda pendant une ou deux secondes et demanda :

— Est-ce à M. le lieutenant Georges Pradel que j'ai l'honneur de parler?

— A lui-même, oui, monsieur...

— Nous étions avisés de votre arrivée... — L'appartement de M. Domerat, — le numéro 104, est à votre disposition...—- Monsieur votre oncle a même pris soin de le payer pour aujourd'hui et pour demain...

— Mon oncle s'y trouve-t-il en ce moment?

— M. Domerat n'est pas à Paris.

— C'est impossible !! — s'écria Georges Pradel.

— Et pourtant c'est exact... M. Domerat s'est vu forcé de partir ce matin même, à dix heures, à l'improviste... Voici d'ailleurs une lettre qu'il a bien recommandé de vous remettre au moment de votre arrivée et dans laquelle, sans le moindre doute, il vous explique son départ...

L'employé tendit la lettre au lieutenant et dit à l'un des domestiques de l'hôtel :

— Prenez la valise de monsieur, et conduisez monsieur au n° 104...

Georges Pradel, très-abasourdi par cette déception inattendue, s'engagea à la suite du valet dans les escaliers majestueux.

Passecoul était resté sur le seuil du bureau, avec la physionomie indifférente de quelqu'un qui vient chercher un renseignement et n'est pas pressé de l'obtenir.

Il avait assisté au court entretien que nous venons de reproduire; — aussitôt que le numéro de l'appartement eut été prononcé devant lui, il disparut.

Le 104, — disons entre parenthèse que nous prenons ce numéro au hasard et sans le vérifier « de visu, » — se composait d'une antichambre, d'un salon et de deux chambres à coucher.

Cela constituait au Grand-Hôtel un logis de millionnaire, et les appointements mensuels du lieutenant auraient à peine suffi pour solder un jour de location.

Le valet déposa la valise dans l'une des chambres à coucher et demanda :

— Monsieur a-t-il besoin de quelque chose?

— Non, — répondit l'officier, — pas en ce moment.

— Voici le bouton de la sonnette électrique... — continua le domestique : — lorsque monsieur aura des ordres à donner, monsieur prendra la peine d'appuyer...

— Parfaitement...

— Quand monsieur sortira, monsieur voudra bien remettre la clef à un garçon, ou la descendre au bureau de l'hôtel, pour 'la sûreté des effets de monsieur.

— C'est convenu... quoique assurément ma valise ne contienne ·rien qui puisse beaucoup tenter les voleurs...

Le valet salua et battit en retraite.

Georges Pradel resté seul, jeta autour de lui un regard étonné et pour ainsi dire ébloui.

Habitué à la vie de garnison en Afrique, où la simplicité toute primitive des installations atteint ses dernières limites, il lui semblait se trouver dans un palais.

Le luxe de l'ameublement était banal à la vérité et l'élément artistique n'y tenait aucune place, mais ce luxe n'en était pas moins réel, sérieux, et d'une grande valeur.

Tapis épais, glaces immenses, rideaux et tentures de brocatelle, guéridon de Boule, piano d'ébène à incrustations de cuivre, lustres à pendeloques de cristal, garniture de cheminée en bronze doré, tout cela faisait bonne figure et surprenait au premier coup d'œil un naïf en fait de comfort.

Cette admiration machinale ne dura d'ailleurs qu'une minute.

Le lieutenant s'assit et, tranchant avec son canif

la partie supérieure de l'enveloppe qui lui avait été remise au bureau de l'hôtel, il en tira la lettre qu'elle contenait et la lut deux fois de suite, d'un bout à l'autre, avec la plus grande attention.

— Ah ! oui, — fit-il presque à voix haute quand il eut achevé la seconde lecture, — ah ! oui, par exemple, c'est jouer de malheur !! Pauvre cher oncle ! obligé de partir ainsi brusquement !!... Et penser que nos deux trains se sont croisés, je ne sais où ! il m'a peut-être fait un signe, lui qui me guettait, et moi, nigaud, je n'ai rien vu !! — Et ma mignonne Léontine, si joyeuse ce matin de m'embrasser ce soir, et en prison, au lieu de cela ! c'est-à-dire en pension pour huit jours !! — Enfin ils passeront, ces huit jours, et ce n'est que baisers remis !

Après un silence, il continua :

— Certes, je comprends bien qu'il me désire à Rocheville, cet excellent oncle, et que des pressentiments fâcheux viennent troubler sa quiétude !! — Trois cent cinquante mille francs, dans un château désert gardé par un seul homme !! — Sont-ils imprudents, ces millionnaires !!... Il est vrai qu'ils en ont le droit... — Ce n'est pas moi qui me permettrai jamais, — et pour cause, — des imprudences pareilles !! — Trois cent cinquante mille francs !... La dot de ma sœur !! — Il y a de quoi attirer là-bas tous les forçats en rupture de ban de France et de Navarre !... — Heureusement personne ne s'en doute...

Pour la troisième fois il relut le paragraphe conçu en ces termes :

« Veux-tu me faire un grand plaisir? — Oui, n'est-ce pas? — Eh bien, au lieu de m'attendre huit jours à Paris où tu ne connais âme qui vive, pars après-demain pour Rocheville. — En prenant l'express du Havre, gare Saint-Lazare, à huit heures du matin, tu seras à onze heures à la station de Malaunay où tu trouveras une patache qui fait le service des voyageurs et te conduira à destination en deux petites heures. »

— Attendre à après-demain? Pourquoi? — se demanda Georges Pradel. — Qu'ai-je à faire à Paris sans mon oncle et sans ma sœur? — Demain matin je serai en route...

XXXIII

Le lieutenant regarda sa montre.

— Cinq heures moins un quart... — murmura-t-il. — Comment tuer le temps jusqu'à l'heure de me mettre au lit?... — Moi qui comptais passer une si bonne soirée !! — Si seulement je savais où se trouve le pensionnat de ma sœur, j'irais, et sans doute la supérieure ne refuserait point de me laisser embrasser Léontine... mais mon oncle a négligé de me donner l'adresse... — C'est étonnant comme je vais m'ennuyer !! — Quand on pense qu'il y a des officiers, et j'en connais, que la seule idée d'un voyage à Paris transporte de joie ! — Paris ! la ville du plaisir !! Paris, la ville de l'amour !!—Et ils s'exaltent en dithyrambes !... il est vrai qu'ils n'ont pas comme

moi le cœur incurablement blessé et l'âme profondément triste... — Une éclaircie de quelques minutes s'était faite dans mon spleen, et voici que le
ciel s'assombrit de nouveau...

Georges Pradel secoua la tête et passa la main sur
son front, comme pour chasser les pensées noires
dont le vol revenait l'assaillir.

Il déboucla ensuite sa valise que le valet du Grand-
Hôtel avait placée sur une petite table, et il se mit en
devoir d'échanger son uniforme contre un costume
civil.

Ce costume était presque neuf, d'une coupe suffisamment élégante, et sortait des ateliers du tailleur
en vogue d'Alger; le pantalon gris perle tombait bien
sur la bottine; la courte redingote noire, boutonnée
militairement, dessinait la taille svelte; le léger par-
dessus d'une nuance claire avait bonne façon, mais
l'ensemble offrait cet indéfinissable je ne sais quoi
qui trahit à première vue l'habitude de l'uniforme et
fait dire au passant le moins observateur : — « Voilà
un officier en bourgeois. »

Ceci n'est point une critique, c'est la constatation
d'un fait irrécusable.

Sa toilette achevée, — et elle ne fut pas bien
longue, — le lieutenant prit un petit peigne d'écaille
et ébouriffa les longues moustaches blondes à la
Victor-Emmanuel qui donnaient à sa figure juvénile

17

et presque féminine un cachet tout particulier.

Ensuite, avant de se coiffer du chapeau de soie retiré de son étui et lustré soigneusement, il s'occupa de divers objets déposés par lui sur le velours de la cheminée.

C'étaient son porte-monnaie, son porte-cigares et la lettre de M. Domerat.

Georges fit jouer le ressort du porte-monnaie dont il examina le contenu.

L'une des cases renfermait un napoléon, — la seconde quelques pièces blanches, et la troisième un petit paquet de billets de banque pliés en huit.

Le lieutenant prit les billets de banque.

Il y en avait trois, de mille francs chacun.

— Le dernier envoi de mon cher oncle... — murmura-t-il en souriant. — L'excellent homme pense à moi sans cesse !... — il m'aime comme si j'étais son fils... Dieu m'est témoin, d'ailleurs, que je lui rends bien sa tendresse !! — Les trois billets sont intacts... J'ai pu faire le voyage avec mes seules économies, mais les vingt-sept francs qui me restent ne m'auraient pas mené bien loin... — Ce soir j'aurai besoin de monnaie...

L'officier ouvrit son porte-cigares, — ce porte-cigares que nous connaissons, — en cuir de Russie, à cadre et à fermoirs d'argent doré, et portant sur le plat les deux initiales G. P.

La poche destinée aux cigares ne contenait qu'un seul londrès.

Il le prit et l'alluma séance tenante.

L'autre poche, — celle qui servait au besoin de portefeuille, — renfermait des cartes de visite et deux lettres de M. Domerat.

Georges Pradel y joignit la troisième lettre et la mince liasse de billets de banque.

— Ils seront là beaucoup plus en sûreté, — se dit-il, — que dans un porte-monnaie qu'on exhibe et qu'on ouvre forcément vingt fois par heure...

Il glissa l'étui dans la poche de côté de sa redingote qu'il boutonna presque jusqu'au cou, comme une tunique d'uniforme, de façon à défier les pickspockets les plus audacieux et les plus adroits.

Il mit des gants paille très-justes qui dessinèrent ses mains fines. — (Les jeunes officiers ont généralement le culte des gants paille.) — Il jeta son pardessus sur son bras gauche, puis, le chapeau un peu sur l'oreille — (encore une habitude militaire) — il quitta l'appartement dont il eut grand soin d'emporter la clef, et il remit cette clef en passant au bureau de l'hôtel.

— S'il se présentait quelqu'un pour monsieur, — demanda l'employé, — que faudrait-il répondre?...

— Je serais bien surpris qu'on vînt me voir, — répliqua Georges, — personne ne sachant que je suis ici... — Il est d'ailleurs probable que je ne rentrerai pas tard...

Le jeune homme s'arrêta pendant quelques secondes sur l'asphalte, à côté de la porte, presque étourdi par le panorama mouvant qui se déroulait sous ses yeux et dont il n'avait aucune habitude, n'ayant jamais habité Paris qu'il connaissait un peu cependant en sa qualité d'ancien élève de Saint-Cyr.

Or, les Saint-Cyriens consacrent religieusement à la grande ville leurs sorties dominicales.

Ici nous ouvrons une parenthèse pour prier nos lecteurs de ne point nous accuser de minutie en nous voyant enregistrer à la façon d'un procès-verbal de petits faits qui peuvent leur sembler insignifiants.

Au point de notre récit où nous sommes parvenus les plus minimes détails ont ou plutôt auront leur importance, — la preuve ne s'en fera guère attendre.

Georges se trouvait à deux pas du fameux bureau de tabac du Grand-Hôtel.

— Depuis longtemps, je n'ai fumé aucun cigare « sérieux », — se dit-il, — les londrès de la régie sont absolument exécrables !... — Grâce à mon oncle, je suis riche... — Voici l'occasion, ou jamais, de prendre ma revanche.

Il franchit le seuil du bureau où l'administration

met en vente les meilleurs produits des grandes fabriques de la Havane.

Il admira sous les vitrines fermées à clef ces boîtes ouvertes et ces paquets rangés en bon ordre qui charment l'œil des amateurs et leur promettent des jouissances inénarrables, de même que l'exposition de Chevet, de Corcelet ou de Chatriot fait venir l'eau à la bouche des gourmets.

Une boîte de *partagas*, de *cabanas*, d'*impériales* ou de *londrès-figaro* enthousiasme le fumeur émérite, comme une terrine de gibier truffé du grand Morelon-Fleury, de Nontron, exalte le connaisseur en bonne chère.

Georges acheta un paquet de dix *cazadores* qu'il paya sept francs cinquante, à raison de soixante-quinze centimes le cigare, — ce qui est certainement un peu cher, mais pas beaucoup trop.

Il plaça six de ces cazadorès dans son porte-cigares qui n'en pouvait contenir davantage, et il mit les autres dans cette poche extérieure pratiquée sur le côté gauche de la poitrine et où les gommeux de 1876 logent leur mouchoir dont ils ont soin de laisser passer un angle brodé.

— Je vais aller prendre mon absinthe au Helder...
— se dit-il ensuite ; — peut-être y trouverai-je un visage de connaissance...

Le café du Helder, situé boulevard des Italiens,

presqu'en face la rue du même nom, a une réputation et une spécialité.

C'est là que les officiers de toutes les armes se trouvent à l'heure de l'absinthe quand ils sont de passage à Paris. — C'est là que des plus lointaines garnisons on se donne rendez-vous. — C'est là aussi que bon nombre d'anciens militaires, rentrés dans la vie civile, viennent serrer la main à de vieux camarades restés sous les drapeaux.

Au Helder, on est tout surpris de voir une boutonnière vierge du ruban rouge, si cette boutonnière n'est point celle d'un très-jeune homme.

Les mots *promotion, mutation, avancement,* s'y répètent autant de fois par jour, à eux seuls, que tous les autres mots de la langue française.

Aucune phrase n'y retentit plus souvent que celle-ci :

— Garçon, l'*Annuaire !*...

Georges Pradel, longeant sans se presser le boulevard des Capucines pour gagner le boulevard des Italiens, ne s'aperçut pas et ne pouvait, étant sans défiance, s'apercevoir qu'il était suivi.

Un jeune homme de la même taille que le lieutenant, portant une barbe blonde et touffue, un chapeau de paille à ruban bleu, un paletot de velours marron et un pantalon de coutil gris singulièrement

fripé du bas, s'attachait à lui comme son ombre depuis sa sortie du Grand-Hôtel.

Ce jeune homme n'était autre que Passecoul, —
nos lecteurs l'ont deviné déjà.

L'adroite application d'un *crêpé* couleur d'ambre
sur les joues et sur le menton suffisait pour métamorphoser absolument ce personnage, le vieillissait
de plusieurs années, et dissimulait la flétrissure pré-
coce et compromettante de ses traits.

Georges Pradel, arrivé en face de la boutique d'ar-
murier qui fait le coin de la rue du Helder, traversa
la chaussée.

Passecoul la traversa derrière lui.

L'officier s'assit à l'une des petites tables placées
en dehors de l'établissement, sur cette partie du
trottoir dont la ville loue fort cher la jouissance aux
limonadiers et que les garçons de café, dans leur
argot, appellent « la terrasse. »

De là ce cri si connu des Parisiens :

« — Servez terrasse !! »

Passecoul prit carrément possession d'une table, à
dix pas de celle de Georges et, frappant sur cette
table avec un gros sou, commanda d'une voix en-
rouée :

— Garçon, un bock avec bain de pied, sans faux-
col !!

XXXIV

Le lieutenant Georges Pradel fut déçu dans son attente.

De cinq à six heures, tout en fumant un des cazadorès dont il venait de faire emplette et en dégustant à petites gorgées une absinthe préparée selon toutes les règles — (et elles sont plus compliquées que ne le croit le commun des martyrs, les règles qui président à la confection d'une bonne absinthe), — il vit nombre d'officiers entrer au café du Helder, s'y installer et en sortir, mais il n'aperçut pas un visage ami où seulement connu, pas un camarade de l'École militaire, pas un compagnon d'Afrique.

— Point de chance ! — murmura-t-il avec mélancolie ; — il faudra dîner seul !... et que faire après dîner ?

Il paya sa dépense et quitta son siége.

Passecoul fit signe au garçon.

— Qu'est-ce que je vous dois? — lui demanda-t-il.

— Cinquante centimes.

— Voilà dix sous... — Le reste est pour vous.

Georges Pradel se dirigea vers une colonne-affiche et, machinalement, il lut l'annonce des spectacles du soir.

Ces titres nombreux de pièces inconnues, ces noms d'acteurs ignorés de lui, tourbillonnaient devant ses yeux, ne lui disaient rien et ne le tentaient point.

Enfin il découvrit qu'on donnait au Gymnase une des innombrables reprises de la *Dame aux Camélias*, avec une comédienne presque inédite dans le rôle célèbre joué par tant d'étoiles successives.

Le lieutenant ne connaissait pas la pièce, mais il en avait entendu parler si souvent par ses camarades qu'elle piquait vivement sa curiosité.

— Voilà mon affaire, — pensa-t-il; — après dîner, j'irai au Gymnase.

Il se remit en marche et, toujours suivi à courte distance par Passecoul, il remonta le boulevard.

Devant la boutique d'un changeur il fit halte, en se répétant ce que déjà nous lui avons entendu dire au Grand-Hôtel :

17.

— J'aurai besoin de monnaie ce soir...

Et il entra.

— Ah ! diable ! — murmura le blond Passecoul.
— Notre officier va chez le changeur !... Il paraît
qu'il y a du papier Garat dans la sabretache ! — Saperlipopette, bonne affaire !... Nous allons voir un
peu ça...

Et, joignant l'action aux paroles, il colla son œil
aux vitrages de la boutique, de manière à ne perdre
aucun détail de ce qui se passerait dans l'intérieur.

Georges Pradel déboutonna sa redingote, tira de
sa poche le porte-cigares qui lui servait en même
temps de portefeuille, déplia ses trois billets de
banque, en prit un et dit en le présentant au guichet :

— La monnaie de mille francs, s'il vous plaît,
monsieur.

— Comment la voulez-vous ? — demanda le changeur.

— Un billet de cinq cents, trois coupures de cent
et deux cents francs d'or...

— Voilà.

Le lieutenant paya le change, mit les dix louis dans
son porte-monnaie, refit une liasse des coupures, du
billet de cinq cents francs et des deux billets de
mille, et réintégra cette liasse dans le porte-cigares
qui lui-même reprit sa place dans la poche de côté.

— Voilà qui va bien ! — pensa Passecoul, — le

jeune homme est millionnaire ! — Je sais où loge le
magot, et il se porte bien, le magot !... — Deux mille
huit cents livres à lever d'un coup, c'est coquet ! !...
— Quelle nopce, mes enfants !... Quelle nopce !... —
Clarinette aura les boucles d'oreilles en vrai doublé
qu'elle implore depuis si longtemps de ma munifi-
cence ! Va-t-elle être contente, pauvre chatte ! ! — On
a beau être joli garçon, faut faire quelque chose pour
les fââmes !..

Georges Pradel, en quittant la boutique du changeur, longea le boulevard des Italiens, puis le boulevard Montmartre jusqu'à la rue de ce nom ; là il
traversa de nouveau la chaussée et entra chez Paul
Brébant où Passecoul le vit s'asseoir dans la salle du
rez-de-chaussée et étudier la carte du jour en homme
de grand appétit qui songe à commander un dîner
sérieux.

— Parfait ! — pensa le jeune drôle, — à table
jusqu'au cou... — il en a pour une heure au moins...
— J'ai tout le temps d'aller relever Raquin de la
faction qu'il doit monter là-bas. — Pourvu qu'il soit
au lieu convenu. — Il faudra trouver un bon truc
pour soulager le lieutenant de la tranche du Pérou
qui doit le gêner dans sa poche. — Utile d'être deux,
et même indispensable. — Tout seul, je serais bien
empêché... — Du faubourg Montmartre au Grand-
Hôtel, à n'importe quelle heure de la nuit, impos-

sible d'étourdir un homme et d'*effaroucher* sa monnaie...

Passecoul mit les coudes au corps, et ménageant
avec soin son haleine, comme font les coureurs de
profession, il reprit au pas gymnastique le chemin
qu'il venait de parcourir à la remorque du lieutenant.

Au moment où Georges Pradel était monté en
fiacre à la gare de Paris-Lyon-Méditerranée, les deux
gredins l'avaient entendu donner au cocher l'adresse
du Grand-Hôtel.

Si néanmoins Passecoul s'était fait un devoir de
le suivre en se hissant derrière le véhicule, c'est
qu'en route il pouvait changer d'idée et s'en aller
loger ailleurs, et dans ce cas sa trace serait irrémé-
diablement perdue, surtout si, — chose probable,—
il n'était à Paris que pour peu de temps.

Mais avant de se séparer Passecoul et Raquin
avaient pris rendez-vous sur le trottoir du boulevard
des Capucines, à l'entrée même du Grand-Hôtel.

C'est là que Raquin devait accourir et attendre son
compère, après s'être acquitté d'une mission importante que nous ne tarderons pas à connaître.

Quand Passecoul arriva, en un temps invraisem-
blablement court, à l'endroit désigné, Raquin était
déjà là, arpentant le bitume de long en large, et
aspirant d'un air d'inimitable crânerie et de volupté
sans mélange la fumée suspecte d'un de ces cigares

que l'argot parisien a baptisés des noms multiples de
soutellas, soutados, cinq-centimados et *infectados.*

A coup sûr cette énumération des pseudonymes
du petit-bordeaux est loin d'être complète, mais elle
nous paraît suffisante.

Passecoul passa brusquement son bras sous le bras
de Raquin qui lui tournait le dos et qui tressaillit
avec une inquiétude manifeste, indice d'une conscience peu tranquille.

— Ah! c'est toi! — murmura-t-il en se retournant.
— C'est bête comme tout!... Tu m'as fait une peur!..
— D'où viens-tu? — Est-ce que le pigeon est déni-
ché? — Est-ce que tu l'as perdu en route?

— Pas de danger, ma vieille! — Les oiseaux que
je file sont bien filés, je t'en fiche mon billet!!

— Enfin qu'as-tu fait?

— De la bonne besogne... — Je te conterai cela
tout à l'heure... — Et toi?

— Tonnerre du diable, ne m'en parle pas!... —
Chou blanc!

— Ah bah!

— Buisson creux, que je te dis! — J'arrive de
Passy... boulevard Beauséjour!... Quelle trotte, mes
enfants, quelle trotte!

— Eh bien! le mari?

— Absent!

— Il fallait l'attendre...

— Impossible!... Absent de Paris...

— Ah! diable!... C'est de la guigne!...

— Je me le suis dit comme toi...

— Quand doit-il revenir?

— La bonne ne sait pas au juste... — Ce parois sien-là est très-cachottier... — Il n'annonce jamais son retour à heure fixe, afin de surprendre les gens... — Néanmoins il paraît qu'on l'attend demain...

— Demain le lieutenant aura peut-être pris l'express... — Il n'a pas l'air de s'amuser beaucoup à Paris, le lieutenant.

— Toujours la guigne!...

— Mais au moins, — ajouta Passecoul, — si l'oiseau décampe, il nous laissera de ses plumes entre les doigts... et ce n'est pas de quelques malheureux jaunets qu'il s'agit, comme tu pourrais croire, vu la solde de l'infanterie.,. — Non!! non!! il y a gras!... Le billet de mille fleurit à l'horizon et il n'est pas tout seul, le billet de mille... il foisonne.

— Ta parole?

— Foi de Passecoul!...

— Cause, mon fils! cause, je t'écoute...

Le jeune bandit ne se fit pas prier et raconta par le menu ce que nos lecteurs savent déjà.

Raquin jubilait.

Dans le délire de son enthousiasme il avait laissé

s'éteindre son cigare de cinq centimes, et il ne s'en
apercevait pas.

— Eh bien ! voyons, là, entre nous, qu'est-ce que
tu dis de ça, ma vieille ? — demanda Passecoul en
terminant.

— Je dis que tu és un lapin, un vrai, un fameux !...
— Ton *filage* du lieutenant était mené de main de
maître... Ah ! je te rends justice !! — C'est plaisir de
travailler avec toi !!... — Il me semble que je sens
déjà frétiller le papier Garat dans nos poches... —
As-tu un plan ?..

Passecoul se gratta l'oreille avant de répondre.

XXXV

— As-tu un plan ? — demanda Raquin pour la
seconde fois. — Dans une affaire aussi « conséquente »
il en faut un. — Moins on compte sur le hasard et
plus on a chance de succès...

— Ne vas pas trop vite en besogne, compère... —
répondit Passecoul. — Un plan ne s'improvise guère,
surtout quand on ne sait pas un traître mot des circonstances dans lesquelles il pourra se réaliser... —
La chose évidemment dépendra de ce que l'officier
va faire après dîner... — Dans tous les cas, mets-toi
l'esprit en repos... — Si l'occasion d'agir en douceur
ne se présente pas, on aura recours aux grands
moyens, qui sont infaillibles...

— De quels grands moyens parles-tu ?

— Penche-toi un peu vers moi, ma vieille, que je

puisse te glisser ça dans le tuyau de l'oreille... — Il y a des paroles dangereuses qu'il ne fait pas bon perdre en plein air.

Raquin obéit passivement, et le jeune bandit continua :

— Supposons que Georges Pradel, en quittant le local où pour le quart d'heure il est en train de s'offrir une nourriture abondante et variée, allume un cigare, se mette à flâner sur les boulevards, à regarder les demoiselles qui consomment des grogs et flûtent des bocks, et qu'il regagne ensuite paisiblement sa caserne, pour faire dodo, sans s'être détourné ni à droite ni à gauche et sans avoir franchi le seuil de la moindre maison à allée, aucun moyen d'essayer sans risque le coup du porte-cigares... — Tu comprends ça, j'imagine ?

— Je ne le comprends que trop bien...

— Et tu portes ton deuil du magot ?...

— Dame !... il me semble...

— Eh bien ! il te semble mal... — Une veste de velours, une casquette, une médaille — (je sais où prendre tout ça près d'ici), — me transforment en commissionnaire... — Je mets sous mon bras n'importe quoi enveloppé dans un journal et bien ficelé... — J'entre au Grand-Hôtel sans rien demander à personne... — Je connais le numéro de la chambre du particulier. — Il loge au 104. — Je monte, je cogne.

« Toc ! toc ! » — « Qui est là ? » — « Commissionnaire apportant un paquet expédié par M. Domerat pour le lieutenant Georges Pradel. » — Il n'a pas le temps de réfléchir que c'est invraisemblable, le lieutenant... — Il ouvre et, tandis qu'il coupe les ficelles sans se défier, je lui plante dans la gorge ou entre les épaules un joli couteau bien pointu que je tiens tout prêt au fond de ma poche... — Je cueille le porte-cigares, et ni vu ni connu, je file... — Ça te paraît-il assez corsé ?...

— Tonnerre du diable !... — murmura l'homme au chapeau gris avec une admiration manifeste. — Tu ferais cela, toi, Passecoul ?...

— Oui, saperlipopette, je le ferais ! je le ferais sans hésiter !... De quoi t'étonnes-tu ? — Tu sais bien que je l'ai déjà fait, là-bas... — Et qu'est-ce que je risque après tout ? Si je n'avais brûlé la politesse aux gardiens de la prison militaire, j'aurais depuis pas mal de temps douze balles de chassepot dans le ventre ! — Admettons qu'on me guillotine... on ne peut pas me supprimer deux fois !

— Cré nom ! j'avais raison de le dire, tu es un lapin !! — Sois paisible d'ailleurs, je suis juste... — Si c'est toi qui joue le gros jeu, je me contenterai d'une petite part du butin, m'en rapportant à la générosité que je me plais à te reconnaître...

Tandis que s'échangeaient les hideuses répliques

de ce dialogue infâme, les deux misérables remontaient, bras dessus bras dessous, le boulevard.

Ils atteignirent et dépassèrent la rue du Faubourg-Montmartre et jetèrent un coup d'œil sur l'intérieur du restaurant où Georges Pradel était installé.

Le jeune homme, tout en dînant, parcourait un journal du soir.

— Il n'en est qu'à l'entre-côte bordelaise... — murmura Passecoul, — donc, rôti, légumes et dessert l'occuperont ensuite, sans compter le café et les liqueurs... — Nous avons le temps de casser une croûte, allons-y!... Ça ne sera pas dommage, j'ai l'estomac dans les talons... — En route chez le « mastroquet. »

— As-tu de l'argent pour la dépense? — demanda Raquin d'un ton piteux. — Je suis à sec.

— Rassure-toi... C'est moi qui paye... — répondit Passecoul, — Dans la salle d'attente, à la gare, j'ai levé un porte-monnaie...

— Bien garni?...

— Ce n'était point un bibelot d'agent de change, mais enfin il contenait quelque chose...

Les deux complices entrèrent chez un marchand de vins et demandèrent le « plat du jour, » qu'ils arrosèrent avec sobriété, ayant besoin de tout leur sang-froid.

Il revinrent ensuite se mettre en faction à l'angle du boulevard, à demi cachés par le kiosque du marchand de journaux.

De là ils ne perdirent pas de vue Georges Pradel.

Le jeune officier sortit au bout d'un quart d'heure, en fumant.

Au lieu de regagner le boulevard Montmartre, il prit à gauche et monta le boulevard Poissonnière.

— Il ne rentre pas... — dit tout bas Raquin à son collègue.

— S'il allait au spectacle, ce serait une fière chance! — répliqua ce dernier. — La foule amène les bousculades, et dans les bousculades il y a toujours moyen d'approcher un homme et de tâter ses poches...

Passecoul eut bientôt lieu de se frotter les mains.

Georges Pradel, arrivé en face du Gymnase, gravit les marches qui conduisent au théâtre. — Il prit au bureau un fauteuil d'orchestre et disparut sous le vestibule.

— Diable! — fit Raquin, — il faut le suivre et ne pas le perdre de vue!!

— Naturablement, mais rien ne presse, nous sommes bien sûrs de le retrouver...

— Où nous placerons-nous?

— Au parterre... — C'est là qu'on est le moins

remarqué, et nous observerons à notre aise les faits et gestes du lieutenant...

Laissons les dignes complices passer au bureau, et pénétrons dans la salle à notre tour...

On sait qu'au rez-de-chaussée du Gymnase un rang de baignoires particulièrement profondes et obscures forment une ellipse autour de l'orchestre et du parterre.

Difficilement, depuis les fauteuils, on distingue les spectateurs placés dans ces baignoires, très-recherchées d'ailleurs et peut-être même en raison de la pénombre à peine transparente que nous venons de signaler.

La Dame aux Camélias, qui a été jouée mille fois peut-être, possède le rare privilége d'attirer un nombreux public à chacune de ses reprises.

La salle était comble.

Georges Pradel, arrivé presque au moment où la toile allait se lever sur le premier acte, occupait un fauteuil au milieu du troisième rang de l'orchestre.

Passecoul et Raquin avaient dû se contenter de deux places à l'avant-dernier rang des banquettes du parterre, par conséquent tout près des baignoires de face.

Ils s'y trouvaient fort mal et pestaient à qui mieux mieux, mais ne soufflaient mot, dans la crainte d'attirer sur eux plus qu'il n'aurait fallu l'attention de leurs voisins.

Le bandit brun approcha ses lèvres de l'oreille du bandit blond, et lui dit d'une voix très-basse :

— Je ne vois pas du tout où est le lieutenant...

— Moi non plus, — répliqua Passecoul, — mais pendant le prochain entr'acte je monterai à la galerie d'où je le découvrirai certainement du premier coup d'œil...

— Convenu... — fit Raquin.

Et comme on frappait les trois coups, il ajouta :

— En attendant, écoutons la comédie... — Je n'ai jamais vu celle-là, et je me suis laissé dire qu'elle était rigolo...

Passecoul haussa les épaules.

— *Rigolo!* — répliqua-t-il. — Allons donc! C'est l'histoire d'une cocotte très-chic, mourant d'amour et de la poitrine à cause qu'un joli garçon pour qui elle a un fort béguin ne se conduit pas bien avec elle... — On trempe son mouchoir tout le temps.

— Ça me va beaucoup... — murmura sentimentalement Raquin, — pleurer au spectacle, c'est ma folie! — On ne saura jamais combien je suis sensible...

— Chut! — firent les voisins. — Silence !! à la porte !!

La pièce commençait. — Les bandits se turent.

Le premier acte s'acheva.

— Attends-moi là... — dit Passecoul, — je me déploie en éclaireur et je reviens...

Les habitués du parterre sortaient en masse, les uns pour fumer une cigarette sur le boulevard, les autres pour s'attabler pendant quelques minutes dans les cafés voisins.

L'orchestre, lui aussi, se dépeuplait, quoique dans une moindre proportion.

Georges Pradel ne quittait point sa place mais il s'était levé et, tournant le dos à la scène, il regardait la salle avec son lorgnon.

— Ah! — pensa Raquin, — voilà notre homme...
— Passecoul aurait pu s'éviter le déplacement... Le joli serait, tout à l'heure, qu'il revînt sans l'avoir vu...

Le sensible bandit, à peu près seul sur sa banquette, achevait à peine de formuler cette réflexion, quand tout à coup il tressaillit.

Il venait d'entendre, derrière lui et fort près de son oreille, un cri faible, — cri de surprise, de joie ou d'effroi, — à demi étouffé, mais indiscutablement féminin.

Les cris au spectacle sont chose rare, — surtout quand la toile est baissée.

Très-intrigué, Raquin se retourna et vit dans la baignoire de face à laquelle il était presque adossé, deux femmes, l'une d'un âge avancé déjà, l'autre toute jeune et délicieusement jolie.

Cette dernière semblait en proie à une violente émotion, et sa compagne se penchait vers elle avec une inquiétude manifeste.

FIN DU PREMIER VOLUME

F. Aureau. — Imprimerie de Lagny.

PUBLICATIONS RÉCENTES DE LA LIBRAIRIE E. DENTU

Collections gr. in-18, à 3 francs et 3 fr. 50 cent. le volume

Paris. — Imprimerie E. Donnaud, rue Cassette, 9.